朗诵中国

庆祝新中国成立
七十周年
大型主题诗集

杨志学　主编

河南文艺出版社
·郑州·

图书在版编目（CIP）数据

朗诵中国/杨志学编. —郑州：河南文艺出版社，
2019.9

ISBN 978-7-5559-0871-5

Ⅰ.①朗…　Ⅱ.①杨…　Ⅲ.①诗集-世界　Ⅳ.①
I12

中国版本图书馆 CIP 数据核字（2019）第 171893 号

出版发行　河南文艺出版社
本社地址　郑州市郑东新区祥盛街 27 号 C 座 5 楼
邮政编码　450018
承印单位　河南瑞之光印刷股份有限公司
经销单位　新华书店
纸张规格　787 毫米×1092 毫米　1/16
印　　张　22
字　　数　305 000
版　　次　2019 年 9 月第 1 版
印　　次　2019 年 9 月第 1 次印刷
定　　价　66.00 元

印厂地址　河南省武陟县产业集聚区东区（詹店镇）泰安路
邮政编码　454950　　电话　0391-2527860

序 永远燃烧的赤诚

杨志学

> 我不是工人
>
> 未能在建设工地迎接祖国的黎明
>
> 我不是农民
>
> 未能在希望的田野上挥汗躬耕
>
> 我也不是士兵
>
> 未能持枪守卫祖国疆域的神圣
>
> 然而,你会看到
>
> 我在自己岗位上忙碌的身影
>
> 因为在我心里啊,同样
>
> 燃烧着对伟大祖国的一腔赤诚

以上以诗歌形式排列的几句,是我的即兴表达——不仅表达我自己的感情,而且也希望借此说出更多人的心声。 是啊,今年是新中国成立七十周年,各行各业的人士都在想着要为伟大祖国做一些力所能及的有意义的事情。 我也不例外,根据自己的岗位特点和专业志趣,选择了这样一件事情:为新中国编诗。

我要编选的是一部新中国主题诗集,而不是宽泛意义上的七十年诗歌选集。 这样,在作品的选择上便有明确的内容限定,所要选取和汇聚的是在不同时段从不同角度歌唱新中国的诗篇。

说起来,这是我与河南文艺出版社的又一次合作了。 我与河南文艺出版社的首次合作是在十年前的 2009 年。 当时我是《诗刊》编辑部主任,受命在《诗刊》2009 年 9 月号上半月刊策划、编辑了一本"热烈庆祝新中国成立六十周年诗歌名篇珍藏版"诗歌专号。

专号出版后受到各方面读者的好评。其中有一位令人感动的特殊读者——时任河南文艺出版社社长、著名散文诗作家王幅明同志，他当即决定把这期专号变成一部诗集出版，于是就有了河南文艺出版社于 2010 年 3 月出版面世的由我主编的主题诗集《新中国颂》。

时光荏苒。2019 年春暖花开之际，我突然接到河南文艺出版社社长陈杰女士的来电。她首先提及十年前出版的诗集《新中国颂》。我开始还以为她是想要再版《新中国颂》，谁知她说出了新的想法。她希望我以新的思路编选一部新的主题诗集，献给新中国七十华诞。她还提了两点具体建议：一是所选作品要贯穿七十年全程，而不是像十年前的诗集《新中国颂》那样以新中国成立初期作品为主；二是在致敬经典的同时适当选一些当下涌现的新作，以折射出当前中国的发展态势和新时代中国人的精神面貌。于是有了这部《朗诵中国》的问世。

新中国主题诗歌，是与新中国的孕育、诞生、发展相联系的，它们之间有一种同步关系。新中国主题诗歌，可以说是新中国发生发展历程的记录和见证。在七十年的时间长河里，歌唱新中国的诗歌可谓汗牛充栋，难以计数。那么，以什么样的思路来统摄这部诗集呢？采取什么样的结构来呈现才能更见匠心和创意呢？这是一件颇费思量的事情。编者接受出版社邀请之后，用了一个多月的时间，边查资料边构思这部诗选的体例，最终确定了该选本的框架结构。

如大家看到的那样，这部诗选采取了六部曲的结构。第一部分的主题是"诞生"，用了毛泽东诗词里的句子"一唱雄鸡天下白"来做小辑名称，主要选取新中国诞生时的欢呼之作，读者从中可领略到新中国成立初期举国欢腾的热烈场面；第二部分的主题是"成长"，用毛泽东诗句"天堑变通途"来做小辑名称，选取的作品主要反映新中国成立后当家做主的中国人民所焕发出来的建设祖国的巨大热情和冲天干劲，展现当年新中国一日千里的雄姿；第五部分的主题是"改革开放"，用了毛泽东诗词里的句子"旧貌变新颜"

来做小辑名称，侧重选取改革开放初期涌现出来的优秀诗歌作品；第六部分的主题是"近期中国的面貌和新时代中国人奋进的姿态"，用毛泽东诗词里的句子"数风流人物还看今朝"来做小辑名称，侧重选取改革开放后期以至于当下的优秀诗作。这四个部分，串连起了新中国从诞生到今天的历程，而在第一、第二部分和第五、第六部分之间，编者又特意穿插和设置了第三、第四两个部分。第三部分"江山如此多娇"的主题是"我和我的祖国"，侧重抒发诗人主体对祖国的热爱之情；第四部分"忆往昔峥嵘岁月稠"的主题是"缅怀"，意在表现新中国的由来、性质及其来之不易，激励后来者不忘初心，牢记使命，为实现中华民族伟大复兴而奋斗。

显然，编者是从毛泽东诗词那里得到灵感，构思了这部诗集的结构——以毛泽东诗词名句作为每辑标题，提炼和概括各部分的主题。这里我们不得不再次感叹毛主席作为一代政治家的卓越、作为革命领袖的伟大、作为诗人的杰出，以及三者融为一体的卓尔不群、独步古今。确实，毛泽东主席的文韬武略是无可比拟的。以毛泽东诗句来构思、贯穿全书，既成为这部主题诗集的一个特点，同时也表达了我们对新中国缔造者的无限景仰和深切缅怀。

下面，编者还想就此书编选中所遵循的原则，向读者略作交代。

首先，遵循了历史与现实相结合的原则。因为是一条七十年甚至更久远的时间之河，其厚重的历史感是必然的，也是必须的。不仅不同时段的作品构成了七十年历程的壮丽画卷，而且诗的作者有不少已成为历史性人物。尽管，向新中国七十年献礼，我们汇集当下诗人歌唱新中国的作品也未尝不可（实际上许多单位和报刊的征文已经在这样做了），但毕竟缺乏历史感，也少了时间的积淀。而以七十年甚至更长时间积淀而来的一束束诗歌之花，编织成继往开来的敬献的花环，便具有审视历史、致敬经典的味道，也是献给七十年华诞的更有分量的礼物。但回望历史，必须落脚到现实。历史的声音要能依然穿透岁月的长空，历史的光芒要能依然照耀现实的大地。今人的行为，是向前辈诗人表示敬意；而同时，作为历史遗产，前辈诗人的作品也是对今人的激励和抚慰。谁敢说肖华的《长征组歌》、李瑛的《天安门上的红灯》、贺敬之的《回延安》、薛柱国的《我为祖国献石油》等作品只具有历史意义呢？这些作品中所洋溢出来的纯真的激情、天真的浪漫和崇高的理想是永远不过时的，其艺术表达也是永远可以带给人特殊美感享受的。

其次，遵循了文献与文本兼顾的原则。面对图书馆里几十年前一摞摞泛黄的报刊，一部部落满了灰尘的诗集，一方面，我们对前辈诗人表示应有的仰望和足够的敬意；但是另一方面，我们又必须行使裁决的权利。我们要求文献价值与文本价值尽可能的统一。我们欣喜地看到，许多名人名篇，如艾青的《我爱这土地》、冯至的《韩波砍柴》、贺敬之的《西去列车的窗口》、张永枚的《骑马挂枪走天下》、邵燕祥的《到远方去》、雁翼的《在云彩上面》、乔羽的《祖国颂》、杜运燮的《秋》、舒婷的《祖国啊，我亲爱的祖国》、罗德里格斯的《中国人民的手》等，因其文本的超越价值而在历史的长河中熠熠发光，它们的入选自然在情理之中，也为读者所期待；同时，我们也不无遗憾地看到一些诗人的诗作虽有一定的记录历史的文献意义，但由于明显的历史局限或表达缺憾而黯淡乃至熄灭了审美之光，编者也只好放弃。

再次，遵循了沿袭惯例与新的发掘相结合的原则。编者在选取较多为大家所熟悉的诗歌名篇的同时，也努力拨开历史的风尘，希望能借此机会发现一些被时光掩埋了的诗歌珍珠。比如对大诗人郭沫若，我们比较熟悉的可能是他《女神》时代的作品如《凤凰涅槃》《地球，我的母亲》等篇，而同样是这个郭沫若，他在新中国成立伊始写下的《太阳要永远上升》，被编者在《人民画报》1950年10月号上发现。这首险被岁月风尘掩埋的诗，可以说是一首颇具代表性的欢呼新中国诞生的作品，其笔法的浪漫气度也与诗人早期风格一脉相承、遥相呼应。同样让编者感到惊喜的是在该期《人民画报》上还发现了井岩盾的以散文诗形式完成的《贺电》，这也是一篇别具一格的"欢呼之作"。又如"九叶诗人"穆旦，他的宣谕"一个民族已经起来"的《赞美》有着较高的知名度，而他反映新中国早期建设成就的《三门峡水利工程有感》则相对陌生。其他如田间的《沙枣花》、李瑛的《我们创造未来》、梁南的《报春鸟衔来了火焰花》、饶阶巴桑的《发给春天的密码》、石祥的《大渡桥横》、白桦的《记忆中的一刻》、吉狄马加的《信仰的权利》、叶延滨的《中国》、赵丽宏的《站在新世纪的门槛上》、徐刚的《贺年片》等，都是让编者感觉到"发现"之喜的作品。

还需要说明的是，尽管编者付出了很大努力，但因资料及目力所限，加之时间匆促，未能查找到某些著名诗人在某些历史时段的相关篇章，遗珠之憾在所难免，敬请给予谅解！

在新中国成立七十周年之际，能够为祖国编诗，做一点有意义的事情，让我感到光荣、幸福和欣慰。在此，我要向河南文艺出版社群体所表现出来的为新中国七十华诞献礼的热情以及他们所给予我的信任表示诚挚的谢意，同时也感谢在资料查阅、文字录入等环节给予我帮助的人。

2019 年 6 月 6 日于北京

目录

第一辑　一唱雄鸡天下白

第二辑　天堑变通途

第三辑　江山如此多娇

第四辑　忆往昔峥嵘岁月稠

第五辑　旧貌变新颜

第六辑　数风流人物还看今朝

一唱雄鸡天下白

"中国人从此站立起来了"

郑振铎

"中国人从此站立起来了。"

中国人像一个钢的巨人似的，

挣断了一百多年来的帝国主义的枷锁，

伸出铁拳，将侵略者们击倒。

一百多年来，我们被打倒了，又站立起来，

站立起来，又被打倒。

但从今以后，我们不再倒下去了。

我们已经是恢复了力量的山荪。

我们不再在内海和长江里，

见到悬挂帝国主义者们的旗帜的艨艟

巨舰横冲直撞；

我们不再在中国天空，

见到标记着帝国主义者们的旗帜的飞机，

在纵横无忌地飞降；

我们不再在一尺一寸的国土上，

见到帝国主义者们的军人们的狰狞的踪影，

在徘徊、守望。

是独立、解放、民主的新中国，

是统一、和平、富强的新中国。

中国人像一个钢的巨人似的，

雄健地站立着，

面向着红光亮亮的太阳。

"中国人从此站立起来了。"

"中国人从此站立起来了。"

中国人像一个钢的巨人似的，

摆脱了世世代代的封建束缚，

把那些魑魅魍魉们加给我们的种种封建的魔术一举廓清。

世世代代我们被那些魔术，镇压住了，翻不了身，

但从今以后，我们是大翻身了。

我们已经是恢复了力量的山荪。

那些魔术，曾使我们聋，使我们哑，使我们愚，

使我们世世代代做奴隶，

那些魔术曾使我们孱弱，使我们服从，使

我们年年月月地做着封建地主们的劳役者。

但土地改革像一柄利刃似的，击中了封建恶魔的中心，

被压迫的农、工和妇女们都彻底地翻了身。

是自己土地的主人，

洗清了世世代代的罪恶的垢尘。

是独立、解放、民主的新中国，

是统一、和平、富强的新中国。

中国人像一个钢的巨人似的，

雄健地站立着，

面向着红光亮亮的太阳。

"中国人从此站立起来了。"

"中国人从此站立起来了。"

中国人像一个钢的巨人似的，

扫除了四大家族的剥削的毒网，

把那些在光天化日之下横行着的强盗们彻底肃清。

二十多年来，我们被那些强盗们敲骨吸髓似的

吸干了我们的血汗的结晶，

我们的血汗养肥了他们。

但从今天以后，我们不再受敲诈了。

我们已经是恢复了力量的山荪。

那些强盗们挟持着偷来的政权，做着亦偷、

亦骗、亦抢、亦劫的勾当；

那些强盗们鬼鬼祟祟地和帝国主义者们勾结着，

出卖了人民，出卖了祖国，只为了要养肥他们自己。

那些强盗们时官时商，亦官亦商，为了那

四大家族的利益，阻挠着中国的进步与发展。

但人民怒吼着站起来，

彻底地干净地

把他们扫出了中国的土地。

是独立、解放、民主的新中国。

是统一、和平、富强的新中国。

中国人像一个钢的巨人似的，

雄健地站立着，

面向着红光亮亮的太阳。

"中国人从此站立起来了！"

（选自《文艺报》，第 1 卷第 2 期 1949 年 10 月）

北平入城式

张志民

1949 年 1 月 31 日,被国民党反动派盘踞的古都北平,宣告解放。2 月 3 日上午 10 时,于正阳门大街,举行中国人民解放军进驻北平的入城式,首都人民,第一次看到自己的军队。

正阳门——
已经改变了
往昔的模样,
摆满"卦摊"的
——棋盘街,
已变作——
绿树成荫的广场,
年轻的朋友,
也许不记得,
北平二百万人民,
迎接——
人民解放军的盛况,
但解放了的古城,
却一点也没有
——遗忘!

它记得——
那八个骡子
牵引的大炮,
那染满硝烟的

——步枪!

记得——

年轻的战士们,

黑红的脸膛,

汗浸的衣裳。

人民的队伍

——开来了!

谁不想拉进家门,

请同志们暖暖手脚,

——拉拉家常,

不! 他们顾不得

抖一抖身上的征尘,

喝一口人们递过的

——茶水、姜汤!

那匆忙的脚步

要赶去——

为人民站岗!

"沙沙、沙沙!"

人民的战士,

走过人民的

——身旁!

"沙沙、沙沙!"

人民的军队,

走进古城的

——街巷!

歌声、笑语,

掌声、泪行,

那撒向战士身上的
每一个花瓣，
都是一片
——情深的话语，
每一声欢呼，
都是一副
——滚烫的心肠！

就是那些
朴实憨厚的
——小伙子呵！
为着不让战马
啃伤树皮，
他们用自己的
大衣、雨布，
裹好路边的
——小树，
为着不给群众
增添一点麻烦，
三请三唤——
仍是"不进民宅"，
宁肯睡在
——台阶上。

就是那些
助人为乐的
——小伙子呵！
他们不吸烟、不饮酒，
走在繁华的街市，

舍不得买一包瓜子
——一块香糖，
但为了救济
一位贫病交加的
——老妈妈，
却掏光仅有的一点
——津贴费，
为别人——
慷慨解囊！

就是从这一天起呀，
首都的人民——
第一次看到了
人民解放军的
——形象！
六百年的古都，
五个朝代的兴亡，
看惯了"军队"的
——北京人民，
一声"同志！"
改变了有史以来，
对于"大兵"的
——印象……

解放军的故事，
在人们口中传扬，
解放军的形象，
在人们心头闪亮，
如果要问：

解放军在哪里？

人们会这样地

——告诉你！

哪里有艰险，

哪里就有

人民解放军的

——声响，

哪里有危难，

哪里就会出现

那身绿色的

——军装！

人民解放军！

这光荣的名字，

它和美德连在一起，

想到它——

人民就感到

——一股温暖，

生起一种敬仰！

它和道义连在一起，

想到它——

就不怕任何的

——邪恶诡诈，

感到一种保障

——一种力量！

严寒、酷暑，

岁月、流光，

几十年过去了！

历史清楚地记得，

人民解放军

和年轻的古城，

——一起成长！

但历史——

也并没有忘记，

在那段——

乌云翻滚的日子里，

几只罪恶的黑手

曾是怎样地

在军队和人民之间，

筑起过一道

——电网、高墙！

北平入城式的队伍

——不见了！

出现在人民眼前的

那些陌生的面孔，

已不再像是

那昨日熟悉的

——脸庞。

为寻找——

北平入城式的

——脚步声，

北京的人民

徘徊在——

正阳门街头，

曾有过多少次的

——凝神张望，

曾有过多少回

——沉思冥想……

自己的队伍
——回来了！
"解放军同志！"
"解放军同志！"
这亲如家人的呼唤
又响遍古城的
——大街、小巷！
看！　冲上去了！
在烈火中
在洪峰里，
那抢救自己骨肉
打捞国家财产的
还是那些
——人民战士，
可亲可爱的儿郎……

正阳门——
已改变了
往昔的模样，
北平入城式的
——脚步声，
又在我们的心头
——回响！
听！"沙沙、沙沙！"
这有力的节奏
依然激励着
我们每个人的

——心房!

听!"沙沙、沙沙!"

这亲切的声音,

也仿佛在提醒我们,

该怎样珍爱

这进军的鼓点,

这历史的

——乐章……

1977 年,追记

(选自张志民诗集《祖国,我对你说》,河北人民出版社 1981 年版)

给一个熟睡的士兵

邹获帆

是这样经过了
十二天的战斗，
敌人的炮弹
还没有来得及从炮膛射出
就给你抛留在背后，
你的脚步和你的子弹一齐前进。
太阳的光华
和炮火造成的"光谱"没有区别。
你伏在战壕，你跳过战壕
太阳光和你的黑皮肤
象征着坦白和健康。
没有疲倦，忘了饥饿，
英雄呼吸着战斗的气息，
自由在远处闪光。
哦，我懂得了
爱伦堡描写的战士：
在五月的战壕
弹片在天空飞，
战士们却在战壕唱歌：
"这是燕儿们在家乡的青天飞呀，
这是绚烂的野花在怒放！"
不是爱战斗，是爱真理，
爱真理者，必须战斗！

就是这样的
你用腹部抵着青草地前进，
你糊着泥腿涉过南方的水田前进，
你把身子藏在桑树的枝干后前进，
你在磨麦的石磨后面射击又前进，
敌人的战壕
成了你的战壕，
敌人的阵地
成了你的阵地，
大上海在烟火中出现！

你更激动地跨着步子，
要大上海从火里面解放出来，
你踩塌了敌人的沙袋，
撕破了铁丝网，
踏倒了木栅栏，
敌人倒了，溜了，举起白旗了。
这时候你笑了，
才记起你的口渴比饥饿更难挨，
才记起你需要睡眠
哪怕是一分钟都好。
有人捧着白开水给你，
你感谢
但是你拒绝了，
你说你不能接受人民的赐与。
杂货店邀请你进店休息，
你感谢
但是你拒绝了，
你说你不能随便使用人民的屋子。

…………

当小学生们纽扣上佩着红星欢迎你，
当青年们唱着《我们的队伍来了》欢迎你，
当工人们举着毛泽东的巨像欢迎你，
当大上海的市民站在门边用爆竹欢迎你，
你却在大马路边睡熟了，
你的鼾声
像笑声一样响在这光亮的城市……

太阳用云影在你头上飘过来又飘过去，
你的汗点像大豆一样一颗颗冒出，
孩子们在你身边抚摸着你的枪，
妇女们要孩子们走开，
"不准惊醒熟睡的战士！"
老年人在旁边点着头：
"太辛苦了，太辛苦了。"
他们这样的自言自语。

当你醒来的时候，
你怀里会有一簇簇鲜花，
明天城市将有大会
欢迎你们解放了这座城市的战士。

1949.5.27

（选自邹荻帆诗集《总攻击令》，新群出版社 1949 年香港版）

1949.10.1,开国日,工厂

鲁 煤

职工同志们
请站起来，伸出右手
端起酒杯，高高举起
让我们——
碰杯

在这五星旗下
领袖像前
我们：昨天的奴隶
今天的主人
在这官僚资本家为我们腾出的
绿树、阳光的大院里
欢天喜地干杯吧——
祝福亲爱的
毛主席
祝福新生的
中华人民共和国

我们面前的筵席并不丰盛——
平日的小米饭新添了白面馍
桌上的菜肴并不精美——
平日的萝卜白菜多一碗红烧肉
杯中酒还是衡水老白干

尝不到四大名酒的美味
但是，为了节约支援前线
就把寒酸当丰盛又精美吧——
让我们畅饮干杯！

昨天
我们受厂方剥削吃豆渣
受官府勒索嚼野菜
革命，由艰难走向胜利的路上
常勒紧裤带消化自己的肠胃
但并非因此，今天
我们就来犒赏自己
而是用饥饿、血泪、烈士的生命缔造的
人民当家做主的新国家
终于不折不扣诞生了——
革命的理想，没有欺骗我们

我们畅饮
不是像官僚、老板
挥舞皮鞭打我们，累了
拨拉算盘珠暗算我们，够了
去补养他们肥胖的肉体
泡在酒池里像浮尸
臭在肉林里招苍蝇下蛆

我们是：
享受过这顿精神盛宴
回家一夜酣睡
抖落生产竞赛的紧张、疲劳

赶在明晨日出之前

又走进厂房

生起炉火

开动马达

抡起大锤——

支援解放军快速解放全国

着手建设民主、富强新社会

职工同志们

干杯再干杯吧——

万岁——毛主席！

万岁——中华人民共和国！

1949 年 10 月 1 日晚，石家庄大兴纱厂

（选自诗集《在前沿》，中国戏剧出版社 2007 年版）

贺　　电(节选)

井岩盾

　　在我们祖国的吉日良辰，弟兄们给我们拍来了贺电，从苏联、捷克、波兰、匈牙利，世界上的大小角落，以至于日本、古巴、芬兰……

　　贺电啊，飞过茫茫的大海！　贺电啊，飞过飘雪的高山！　来到了，来到了，来到了，带着千万人的情意，千万人的狂欢！

　　你们站在历史的前面，你们代表人民的意志，你们的贺电虽然不长，但我们读到了千言万语。

　　我们领悟你们高尚的友情，我们回答你们热烈的敬礼，五万万人口的民族站起来了，为了人类的和平事业，它将英勇地战斗到底！

　　签署贺电的是一些光荣的名字，斯大林，哥特瓦尔德，贝鲁特，拉科西……他们祝贺我们伟大的胜利，用着各种各样不同的语言。

　　爱好和平民主的人民团结起来啊！　这声音在贺电里热烈呼唤，亲爱的兄弟们紧紧团结，不管是隔着茫茫的大海，或者飘雪的高山。

　　亲爱的弟兄们，朋友们啊，当我们阅读着你们的贺电，我们的心里真是无限的感激，无限的欢喜！

　　(选自《人民画报》,1950 年 10 月号)

我们最伟大的节日(节选)

何其芳

一

中华人民共和国
在隆隆的雷声里诞生。
是如此巨大的国家的诞生，
是经过了如此长期的苦痛
而又如此欢乐的诞生，
就不能不像暴风雨一样打击着敌人，
像雷一样发出震动着世界的声音……

二

多少年代，多少中国人民
在长长的黑暗的夜晚一样的苦难里
梦想着你，
在涂满了血的荆棘的道路上
寻找着你，
在监狱中或者在战场上
为你献出他们的生命的时候
呼喊着你，
多少年代，多少内外的敌人
用最恶毒的女巫的话语
诅咒着你，
用最顽强的岩石一样的力量

压制着你，
在你开始成形的时候
又用各种各样的阴谋诡计
来企图虐杀你，
你新的中国，人民的中国呵，
你终于在旧中国的母体内
生长，壮大，成熟，
你这个东方的巨人终于诞生了。

三
终于过去了
中国人民的哭泣的日子，
中国人民的低垂着头的日子；

终于过去了
日本侵略者使我们肥沃的土地上长着荒草，
使我们肚子里塞着树叶的日子；

终于过去了
美国的吉普车把我们像狗一样在街上轧死；
美国的大兵在广场上强奸我们的妇女的日子；

终于过去了
中国最后一个黑暗王朝的统治！

…………

六
北京和延安一样充满了歌声。

五星红旗在这绿色的城市中上升。

密集的群众的海洋：
无数的旗帜在掌声里飘动
就像在微风里颤动的波浪。
在毛泽东主席的面前
我们的海军走过，
我们的步兵走过，
我们的炮兵走过，
我们的战车走过，
我们的骑兵走过，
我们的空军在天空中飞行，
群众的队伍从广场上绕到
毛泽东主席的面前来喊着：
"毛主席万岁！"
毛泽东主席回答着：
"同志们万岁！"

这是何等动人的欢呼！
这是何等动人的领袖与群众的关系！

跳跃着喊！
舞动着两个手臂喊！
站在主席台下
望着毛泽东主席不愿离开地喊！
把这个古老的城市喊得变成年轻！
把旧社会留给我们身上的创伤和污秽
喊掉得干干净净！

举着红灯的游行的队伍河一样流到街上。
天空的月亮失去了光辉，星星也都躲藏。

呵，我们多么愿意站在这里欢呼一个晚上！
我们多么愿意在毛泽东的照耀下
把我们的一生献给我们自己的国家！

七

让我们更英勇地开始我们的新的长征！
我们已经走完了如此艰辛的第一步，
还有什么能够拦阻
毛泽东率领的队伍的浩浩荡荡的前进！

　　　　　　　　　　　　　　　1949 年 10 月初，北京

（选自诗集《夜歌和白天的歌》，人民文学出版社 1952 年版）

太阳要永远上升

郭沫若

看呵,
太阳红遍了东方,
新中国举行了
旧时代的火葬。
这是劳动人民的胜利,
和平的巨人
屹立在天安门上。

看呵,
耕田驱策着战马,
炼铁熔化着废枪,
几百万的战斗健儿
在修堤、筑路、凿河、垦荒。
人民的历史
史无前例的辉煌。

同志们
战斗还在前方,
和平的堡垒必须坚强。
提防敌人的复辟,
克服落后的现象,
使建设的歌声远扬;
太阳要永远上升,

不许下降！

（选自《人民画报》，1950 年 10 月号）

我们的快马

柯仲平

一

我们的快马就是风，

乘风去，到处歌颂：

中国人民革命的江，湾了多少湾，

我们有多少万革命的水手，一直都在把船搬；

中国人民革命队伍的船，遇了多少次险，

我们善于掌舵的毛主席，

领我们战胜了一切的艰难。

如今革命的洪流已经汇成海，

人民和革命，像鱼水交欢；

如今人人都看见，

我们的船，名叫中国人民胜利船。

看我们有人民水手几万万，

我们要胜利再胜利，

我们的船要一直向前向前开向前，

我们能够胜利到将来，胜利到永远。

二

我们的快马就是电，

乘电去，告诉全世界：

我们在古老的中华，

创立起新民主的国家；

我们爱护他，

像爱护自己的眼睛，

我们保护他，

像保护自己的肝花；

我们不许任何人，

胆敢来伤害他一根头发！

三

我们的快马能够飞，

飞去告诉全人类：

苏联是，全世界人民

最坚强，最可靠的和平堡垒，

新中国，我们是一支

最广大而坚强的和平卫队，

所有的新民主国家，全世界进步的人民，

我们团结在苏联的周围，

我们能够胜利地保卫着世界的和平，

我们能够胜利地解放全人类。

（选自《人民文学》创刊号，1949 年 10 月）

歌唱祖国

王 莘

五星红旗迎风飘扬，
胜利歌声多么响亮；
歌唱我们亲爱的祖国，
从今走向繁荣富强。
歌唱我们亲爱的祖国，
从今走向繁荣富强。
越过高山，越过平原，
跨过奔腾的黄河长江；
宽广美丽的土地，
是我们亲爱的家乡，
英雄的人民站起来了！
我们团结友爱坚强如钢。

五星红旗迎风飘扬，
胜利歌声多么响亮；
歌唱我们亲爱的祖国，
从今走向繁荣富强。
歌唱我们亲爱的祖国，
从今走向繁荣富强。
我们勤劳，我们勇敢，
五千年历史光辉灿烂；
我们战胜了一切苦难，
才得到今天的解放！

我们爱和平，我们爱家乡，
谁敢侵犯我们就叫他灭亡！

五星红旗迎风飘扬，
胜利歌声多么响亮；
歌唱我们亲爱的祖国，
从今走向繁荣富强。
歌唱我们亲爱的祖国，
从今走向繁荣富强。
太阳升起，万丈光芒，
人民共和国正在成长；
我们领袖毛泽东，
指点着前进的方向。
我们的生活天天向上，
我们的前途万丈光芒。

五星红旗迎风飘扬，
胜利歌声多么响亮；
歌唱我们亲爱的祖国，
从今走向繁荣富强。
歌唱我们亲爱的祖国，
从今走向繁荣富强。

（选自《人民文学》，1951 年 9 月号）

念一本书

林 庚

今天这日子念一本书
要看看祖国血的地图
青年的生命白的枯骨
把一个国土锻炼成熟
这半世纪啊才一本书

人生的知识多么难说
一切错误里认出生活
多么可爱的红的血啊
他们从没有白白流过
他们所说的实在太多

边防的号角响在东方
历史又翻开新的一章
今天念熟了这一本书
落叶儿归根又长成树
歌手啊你要辛勤地唱
每一个音符全是希望

（选自《光明日报》,1950 年 12 月 9 日）

国　旗

严　辰

十月的清新的风，
吹过自由中国的广场，
耀眼的五星红旗，
在蓝色的晴空里飘扬。

旗啊，你庄严又美丽，
就像刚开放的花朵一样；
你是英雄们的鲜血涂染，
从斗争的烈火里锻炼成长。

我们，四万万七千五百万人，
曾经日夜不停地织你，
我们织你用生命和爱情，
用自由幸福的崇高的理想。

当你在祖国的晴空升起，
我们所有的眼睛都注视着你，
所有的喉咙呼喊你，歌颂你，
所有的手都卫护你，向你敬礼！

当你在祖国的晴空升起，
一切事物迅速地起着变化，
陈腐的要新生，暗淡的要有色彩，

衰老的变年轻，丑陋的变漂亮。

愁苦的得到了欢乐，
污浊洗净，黑暗的发出光芒，
沉默的无声的国土，
到处爆裂出雷动的笑声和歌唱。

国旗呵，你是战斗的意志，
表现了我们无穷无尽的力量，
你被人民百年来所追求，
又指引人民去到新社会的方向。

太阳会落下，
河水会干涸，
你——中国人民胜利的旗帜，
却永远年轻，永远高高地飘扬在世界上！

　　　　　　　　　　　　　1949 年 10 月于北京

（选自诗集《晨星集》，作家出版社 1957 年版）

最初的新中国的旗

彭燕郊

最初的新中国的旗
出现在我们面前了

我像孩子一样
找来纸，找来颜料
描了又描，画了又画
画在墙上
画在每一册笔记本上
吻了又吻
行了好多好多的敬礼

多少年
就盼望着
就用全部生命追求
一个新国家
盼望着
有一面美丽的国旗

我们的国旗是红色的
先烈们鲜血的红色
旗上的五角金星
闪烁着民族精英高贵人格的光辉

我们的国旗

果然这样沉着地鲜红呵

国旗上的星星

果然每一颗都这样晶亮呵

我们有一个新中国了

我们有一个自己的政府了

我们有一面美丽的国旗了

在我们的新国家成立的那一天

在拥挤着欢庆的人民的广场

最初的新中国的旗

要在我们面前升起来了

那时候

不论你，不论我

我们每一个人

都要为欢喜而笑

而在笑的时候

免不了的，会流下幸福的眼泪

苦尽甘来

我们流出的是幸福的泪

苦尽甘来

幸福的泪深沉又深沉

尽情地哭吧，尽情地笑吧

哭着送别那已经过去的苦难日子

笑着迎接那已经到来的幸福日子

在我们自己的国旗下

把苦难日子里被压抑的热情奔放出吧

把苦难日子里不能尽情做的工作

做得更好吧

再没有谁敢来阻挠我们了

国家是我们自己的

代表我们美丽的国家的美丽的国旗

是我们自己的

我们是主人

我们不是奴隶了

最初的新中国的旗

永远竖立在我们心上了

（选自《彭燕郊诗文集》，湖南文艺出版社 2006 年版）

韩波砍柴
——记母子夜话

冯　至

农历正月十九，
雨下了几天几夜，
后半夜忽然停止，
露出来下弦明月。

满屋里都是月光，
老婆婆从梦中惊醒，
她叫醒她的儿子，
她说，"外面有个人影。"

儿子说，"深更半夜，
哪里会有什么人？"
"你们年轻人不知道，
这是韩波的灵魂。

"韩波是一个樵夫，
终日在山里砍柴，
他欠下了地主的
还不清的高利债。

"他砍柴砍了一生，
给地主生火煮饭；
他砍柴砍了一生，

给地主生火取暖。

"但是他自己永久
吃不饱也穿不暖；
不管天气多么坏，
砍柴没有一天中断。

"那时和现在一样，
雨下了几天几夜，
到了正月十九，
雨又变成大雪。

"他在风雪里冻死，
许多天没有人管，
后来身上的破衣裳
也在风雪里腐烂。

"但他死后的灵魂
还得要出来砍柴，
因为他一丝不挂，
只能在夜里出来。

"年年在他的死日，
后半夜总有月光，
给他照着深山，
像在白天一样。

"我们这里的春雨
一下就是一个月，

只有在这时候，
雨为他停止半夜。"

她说这段故事，
说得人全身发冷，
外面的月光中
真像有一个人影。

她的儿子说，"妈妈，
韩波死得真可怜，
但这是旧日的故事，
不是在我们今天。

"过去我们村里，
人人都是韩波，
可是我们现在，
韩波没有一个。

"过去无数的韩波
都在饥寒里死亡，
我们同情他们
只用半夜的月光。

"现在的月光里
也许有韩波的灵魂，
他出来不是砍柴，
却是要报仇雪恨。

"明天我们斗地主，

他也要向地主清算，

他再也不会害羞，

他要在白天出现。"

1952 年 2 月 15 日，江西进贤

（选自《诗选（1953—1955）》，作家出版社 1956 年版）

笑

任　钧

让我们笑吧，

我们已经好久、好久没有笑了呵！

让我们笑吧，

如今总该轮着我们了呵！

可不是，我们已经好久、好久没有笑了呵，

我们几乎已经忘记了笑！

正像个穷人

几乎已经忘记了金银的颜色……

不错，记得我们也的确曾经笑过：

在三十多年以前，

（当我们一脚踢翻爱新觉罗的宝座以后）

在二十多年以前，

（当我们连续赶跑吴佩孚、孙传芳……以后）

在三年多以前，

（当东洋鬼子竖起了降旗以后）

但，我们是笑得多寒碜呵：

几乎每一次都是这个样——

当大伙儿刚刚把笑口张开的时候，

一个重重的巴掌

就掴上了我们的脸！

可是，今天——

我们却要笑了！

无论如何也耐不住要笑了！

我们要尽情地笑，

响亮地笑，

我们要从心底笑了出来，

从睡梦里笑了出来，

从灵魂深处笑了出来，

从每一个细胞笑了出来；

一直笑到腰酸背痛，

热泪奔流……

因为我们是这样的欢乐呵！

欢乐得有如逢年过节的孩子，

胜利归来的战士，

面对着丰收的庄稼汉。

想想吧，我们怎能不高兴？

怎能不欢乐呢？

当我们看穿——

那些一向骑在人民头上的"英雄""豪杰"们，

原来都是泥塑木雕，

或是简直用纸糊的货料；

当我们发现——

大家一直期待了二三十年的日子

已经闪电般地来到；

当我们知道——

自己的命运已经由自己掌握，

再也不要受到别人的任意摆布，

当我们确信——

这所祖传的又破又旧的"大杂院",

马上就会给彻底翻修,

油漆一新……

让我们笑吧!

让我们跟解冻的冰河一同笑吧!

跟晴朗的蓝天,

跟温暖的春阳一同笑吧!

我们的笑声将响彻云霄,

将传遍世界每个角落……

"谁笑到最后,

谁就笑得最美!"

对不起,"英雄""豪杰"们——

你们已经笑得尽够啦,

如今总该轮着我们了呵!

1949 年,初春,上海

(选自《诗笔丹心》,文汇出版社 2006 年版)

麦　穗

陈志昂

1950 年 10 月,在第一届全国战斗英雄劳动模范大会上。

今天向毛主席献礼的时候我哭了
热烈的场景深化于热烈的泪水
锦旗和玉瓶都没有使我感动
使我感动的是一枝麦穗

从遥远的福建省的乡村
带着它，经过了千山万水
不是什么奇异珍宝
却是一枝平凡的麦穗

把它献给领袖吧，这枝麦穗
是一个意味深长的象征
它安慰领袖说：你没有白白操心
你的人民已开始了富足和繁荣

它比一切精美的礼物更可贵，这枝
农民在解放后所收获的最初的麦穗

（选自诗集《与史同在》,作家出版社 2005 年版）

在明亮的阳光下

徐　迟

在明亮的阳光下，
在北京，透明的空气里，
在威武的军事检阅之后，

当步兵、骑兵、装甲兵，
炮车和坦克隆隆经过，
当一片蓝色的波浪经过，
当祖国之鹰的雷霆声消逝，

一个五彩的行列前来了，
群众的行列浩浩荡荡而来。
一道旗帜的巨流，
四季鲜花的巨流，
五十万人激动地流过
张灯结彩的天安门。

每一个浪花，每一粒水珠，
都在永恒运动的规律中前进。
每一只手臂，每一朵花，
都向着多彩的城楼摇动，
每一个人，每一张欢笑的脸，
每一双眼睛都幸福地向城楼凝望。

我们的瞳仁上映出了
一幅永远崇高的图画：
人民的领袖站立在城楼，
他魁梧、慈祥而含笑，
他举起他的手招着，
两个可爱的儿童紧挨他，
他的亲爱的战友们靠近他，
部长和将军们在两廊。
而在两厢的观礼台上，
我们的朋友来自全世界，
英雄们劳动模范们也在近旁，
我们能奔上去，把花献上。

而人山人海发出欢呼声，
欢呼我们伟大的领袖。
工人们以豪迈的气概，
大踏步地走上广场，
他们高举工具和百分比的图表，
他们高举胜利的锦旗，
欢呼我们伟大的领袖。

农民们穿上节日的新衣，
以可以夸耀的丰富的收获，
在行列里，容光焕发地
欢呼我们伟大的领袖。

大小胡同里的市民们来了，
跨在父亲脖子上的小孩，
飘动着白胡须的老大爷，

欢呼我们伟大的领袖，

仿佛整个城市登上广场欢呼。

年轻的、纯洁的女学生，

手上衣服上头上都是花，

悦耳的笑声高高升起，

她们跳跃成弓形，像舞蹈家，

好像要随声音飞去，

要随着和平鸽和气球飞去，

她们的欢呼声最为欢乐。

我曾听见过炼铁炉上热风呼啸，

湖滨和海边，听见过九级风咆哮，

但天安门前，国庆日的欢呼声，

盖过一切声音，震荡历史。

欢呼的五彩的巨流

激动地流过天安门，

在北京，透明的空气里，

在明亮的阳光下。

1951 年

（选自徐迟诗集《战争，和平，进步》，作家出版社 1956 年版）

在毛主席那里作客

臧克家

一封信吹起了一阵猛烈的风，
每一颗心像鸣报喜讯的一口洪钟，
这封信，它的分量抵得上千金重，
触动它一下，也要把手放得很轻，很轻，
它来了，它终于来了，
写它的那只大手呵，
写下了多少辉煌的大作，
成了真理的星座
永恒地照耀在人类的上空。

我们彼此小声地议论着
这一件神秘而又重大的事情，
消息却像多嘴的鸟儿，
霎时间飞遍了半个北京城。
你说这可不有点奇怪？ 这个信封
居然装得下那么多的瑰丽诗篇，
那些气势奔腾的诗句，
装下它们需要一个广大的空间。

《诗刊》呵，你这个尚未出世的婴儿，
一个伟大的兆头已经预言了你远大的前程，
明柱似的诗句一行又一行，
将支起一座神圣美丽的诗的殿堂。

在激情稍稍退潮的时候，

我静静地躺在床上，

仔细地估量着这封来信的意义，

深心里萌出了一个诗意的幻想：

大雪后的景色多么可爱，

眼前不就是"咏雪词"的世界？

是呀，大自然给人布好了一个诗的意境，

会不会突然接到一封邀请谈诗的函件？

我想起了斯大林读了马雅可夫斯基的诗句，

称他为当代最伟大的天才，

他微笑着倾听高尔基朗诵诗的情景，

又生动活泼地映到我的眼底来，

我会不会也有这样的幸运？

我会不会也有这样的一个时刻？

我虽然是一个渺小的诗人，

骑上幻想却可以任意驰骋，

幻想，这仅仅是一个幻想吗？

这，我还不能这么承认……

日子像连环。下午三点钟。

一个突然而来的电话代替了我幻想的信。

当幻想变成了真实的那一刻，

我几乎又有点不大敢相信。

这宝贵的时刻，

这下午三点钟，

我恰好没有出门，

好像在专候这个召唤的佳音。

坐上汽车还嫌它太慢，

如果是匹马，我一定频频在它背上加鞭，
玻璃窗外的景色我看过了千遍万遍，
今天过路的时候我仿佛第一次看见。

在一个宽敞的厅堂里我们握住了他的手！
这只手，我曾经紧紧地握过，
这只手呵，握它一下，
成为多少人终生的最高心愿。
在这间有名的会客厅里，
他接待过多少贵宾，
多少重大的事件曾经在这里讨论，
今天呀今天，坐在它光明的一角上，
一个"赢得了新中国的伟大诗人"，
在招待另外两个写诗的人。
我们谈诗，谈百花齐放，……
话题像活泼的小鸟，
它不停留在一棵树枝上，
谈论着庄严重大的事件，
像谈说家常，
烟丝杂着笑声，
政治主题也放射着诗的光芒。
他的话，句句是宝石，
吐出口来却是那么轻便，
好像事先并没有想到，
扯起它们只是为了随意聊天。
他的心像海洋，
他的话是轻快的波浪；
把地毯变成了一片草地——
窗外透过来雪后的阳光，

大块玻璃屏风上那银白鸟儿，
倾听我们谈话听得出了神，
高大的四壁，悄悄地站在那里，
替这一席谈话忠实地录音。
你听见过，站在天安门上
他那震动世界的呼声，
闲谈的时光，他的音流像春水溶溶，
解除了我们的拘谨，
使我们觉得，自己是在
和一位密友促膝谈心。

时间只是一闪，
快乐有它的极限。
在握手告别的时候，
许多话题突然来撞心胸，
走出这庄严温暖的厅堂，
白皑皑的雪色诗意一般浓。

1957 年 1 月 21 日于北京

（选自《诗刊》,1957 年 2 月号）

天安门上的红灯

李　瑛

亲爱的，我不想走，
我想看天安门上的红灯。
我想起故乡，关于它
曾有许多美丽的传说：

说，全国所有的灯
它第一个亮起，点亮它的
不是火柴，是光辉的太阳，
第二天我们才有了新的黎明；

说，一天当你
经过辛勤的劳动走回家去，
那天安门上的红灯，
便为你照着回家的路程；

还有的说，它温柔的光波，
能把整个祖国的大地环绕，
它照红了大理石玉雕的栏杆，
也照红了遥远的边疆上马车的铜铃。

我多么爱这些故事，爱这些灯，
仿佛它照着的东西都没有阴影。
你看，它又在摇曳，这样庄严，这样美，

它又在起伏，又在上升。

呵！　让我们来歌唱它吧！　那象征幸福的灯，
歌唱它的美丽，永世年轻，
可是亲爱的，歌呀，
却不要把它们的沉思惊醒。

1953 年 5 月于北京

（选自诗集《天安门上的红灯》，人民文学出版社 1954 年版）

五月一日的夜晚

公　刘

天安门前，焰火像一千只孔雀开屏，
空中是朵朵云烟，地上是人海灯山，
数不尽的衣衫发辫，
被歌声吹得团团旋转……

半个世界站在阳台上观看，
中国在笑！　中国在舞！　中国在狂欢！
羡慕吧，生活多么好，多么令人爱恋，
为了享受这一夜，我们战斗了一生！

一九五六年六月十日

（选自公刘诗集《仙人掌》，四川人民出版社 1980 年版）

钟声又响起来了……

严 阵

钟声又响起来了,太阳又升起来了,
习以为常的笑声和歌声又闹起来了,
在所有人的心目中,
这是多么平常的一天。

我们生活中这最最平常的一天呵,
就是战死的同志曾经向往的未来,
记住吧,记住这句话,
你就会懂得如何将它珍爱。

（选自《诗刊》,1957 年 1 月创刊号）

新中国之歌（节选）

[智利]巴勃鲁·聂鲁达　袁水拍　译

中国啊，长久以来，我们看到的你的形象，

只是西方人故意为他们自己描绘的：

你是一个满脸皱纹的老妇，

永远的贫困，

一只空了的饭碗，

在一座古庙门口。

从前，在旧中国，

鲜血涂在墙上，

各国的兵士，出出进进，

他们抢劫你，好像走进一所没有主人的房屋。

你给世界散放着尘土和茶叶的

混合的奇异气息。

你站在庙宇门口，拿着空碗，

用你的衰老的眼光注视着我们。

在布宜诺斯艾利斯，出售着你的肖像，

那是为"有教养的"太太们特别绘制的。

可是在一些会议上，你的奇妙的语音，

忽然像长久埋藏的光，一刹那出现。

谁都一知半解地知道一些你的历朝历代，

他们抿着嘴唇说着"明朝"，或者"瓷器"，

好像嘴里含着一颗杨梅那样。

他们要叫我们相信，

你是一片无人的土地，一个这样的国家：

在那儿只有清风吹进古庙，

呜咽低吟，传入山林。

他们要叫我们相信，

你在沉睡，

做着永远不醒的梦。

你是个"神秘之国"，

无法理解，深奥玄妙，

一个乞食的母亲，穿着褴褛的绫锦。

但是，从你的每一个港口，

驶出了一艘一艘满载货物的船只；

而冒险家们也从那儿偷偷进来，

争夺你的卖身契，

你的矿产，大理石，

接着他们施展阴谋，

残酷地剥削，榨取，

巨大的船只将你的血汗骨髓捆载而去。

但是世界发生了巨变。

你的过去的那幅肖像已经完全不正确。

你的衰老的庄严是美丽的，

但已经不能满足我们。

那苏维埃的旗帜在风中飞扬，

受着炮火硝烟的亲吻。

真理深入人心。

啊，中国，我们需要你，

越过重洋的阻隔，

我们希望听到你土地上的风的歌唱，

现在，它不再在旷野的道路上低吟。

毛泽东出现在中国的

纵横辽阔的

遭受无数次灾难的土地上，

我们看见他的肩膀，

沐浴在黎明的阳光里。

从遥远的美洲，

我们的人民倾听着

每一个海浪的声音，

他们看见那坚定的领袖昂起头，

他的脚步走向着北方，

直达延安，他的衣服上满是尘土，

他庄严地前进。

从那时起，我们看见

中国的荒凉土地上

崛起了千百万人民，

青年和老人，

他们发出天真的微笑。

我们看见了生命。

你不再是那古老的土地，

你不再是那水边的明月，

照在幽灵似的古代建筑的废墟上。

每一块岩石后面伏着一个人，

每一个人手里一支枪。

你的人民虽然吃着野草，

没粮没水，但是夜以继日地工作，

为了使黎明诞生。

你既不神秘，也不是天朝的翠玉，

你就像我们一样，是纯洁朴素的人民，

有的穿着鞋，有的赤着脚，

农民和士兵，从四面八方起来，

保卫自己的神圣权利，我们看见

他们的面容跟我们的一样，

他们的使用铁器的勤劳的手，

也跟我们的一样，

我们看见他们行进在大道上。

你们的名字跟我们的一样，

虽然你们的是单音，

但它们跟各处人民的名字一样朴素。

你们的步伐一致，方向相同，

和毛泽东一起前进，

越过沙漠，越过雪地，

卫护着我们共同的春天的萌芽。

那高大的巨人逐渐长大，

无边无际的稻田，土地，建筑，

它引起了全世界人民的注目：

"你怎么长得这样快，我的兄弟！"

但是敌人也在望着你们。

在纽约，在伦敦，在阴暗的银行里，

人们的口袋被鲜血喂肥。

他们恐惧，他们议论，他们猜疑："这是谁？"

那镇静的巨人不回答，他瞭望着

广大的坚实的土地，

一只手消灭了悲伤和苦难，

一只手抱着明天的红色麦穗。

他瞭望着大地所生的一切，

他的脸上容光焕发，

展开一个微笑，像和风吹拂麦浪似的荡漾，

像金色的星星在英雄所流的鲜血里闪光，

你们的国旗在天空飘扬。

现在，全世界人民都清楚看见，

你的广大的国土已经团结统一，

你像飓风一般迅猛有力，满含警告。

你的利斧砍向罪恶，胜利的光

刺向老奸巨猾的敌人。

你，共和国，伸出

有力的手臂拥抱整个领土，

为你的永久和平奠基！

海外的匪帮

遭到了他们应有的惩罚，

他们逃跑之后又去捆绑台湾，

去喂养那蝎子的巢穴。

他们又跑到朝鲜，制造流血，

悲惨，痛苦，破坏，这是他们惯做的勾当：

墙倒屋塌，妇女惨死。

但是，突然有一天，

来到了你的坚强无比的志愿军，

为了人类的神圣的友谊执行他们的任务。

从海洋到海洋，从平原到雪山，

世界各民族一起望着你，啊，中国！

他们说："我们当中出现了一个多么坚强的兄弟啊！"

美洲人民在田沟里弯腰耕作，

炽热的机器控制着，包围着他们。

热带的贫苦人民，玻利维亚的英勇矿工，

宽广的巴西土地上的工人，

还有巴塔冈尼亚的牧羊人，

他们都注视着你，人民的中国，他们都向你致敬，

我和他们一起，把这个吻送向你的前额。

你再也不是过去那幅特别为我们而描绘的图画，

你的形象再也不是古庙旁的一个贫苦老妇，

而是一个强壮的为人民所热爱的女英雄，

一只手握着胜利的武器，

一只手怀抱一束新月形的谷穗，

在你的头顶上，

闪烁着那颗各民族所共同的星星。

（选自诗集《歌唱新中国》，作家出版社 1958 年版）

天藝言史通達

第二輯

西去列车的窗口

贺敬之

在九曲黄河的上游，
在西去列车的窗口……

是大西北一个平静的夏夜，
是高原上月在中天的时候。

一站站灯火扑来，像流萤飞走，
一重重山岭闪过，似浪涛奔流……

此刻，满车歌声已经停歇，
婴儿在母亲怀中已经睡熟。

在这样的路上，这样的时候，
在这一节车厢，这一个窗口——

你可曾看见：那些年轻人闪亮的眼睛
在遥望六盘山高耸的峰头？

你可曾想见：那些年轻人火热的胸口
在渴念人生路上第一个战斗？

你可曾听到呵，在车厢里：
仿佛响起井冈山拂晓攻击的怒吼？

你可曾望到呵，灯光下：
好像举起南泥湾劈荆斩棘的镢头？

呵，大西北这个平静的夏夜，
呵，西去列车这不平静的窗口！

一群青年人的肩紧靠着一个壮年人的肩，
看多少双手久久地拉着这双手……

他们呵，打从哪里来？ 又往哪里走？
他们属于哪个家庭？ 是什么样的亲友？

他呵，塔里木垦区派出的带队人——
三五九旅的老战士、南泥湾的突击手。

他们，上海青年参加边疆建设的大队——
军垦农场即将报到的新战友。

几天前，第一次相见——
是在霓虹灯下，那红旗飘扬的街头。

几天后，并肩拉手——
在西去列车上，这不平静的窗口。

从第一天，老战士看到你们呵——
那些激动的面孔、那些高举的拳头……

从第一天，年轻人看到你呵——

旧军帽下根根白发、臂膀上道道伤口……

呵，大渡河的流水呵，流进了扬子江口，
沸腾的热血呵，汇流在几代人心头！

你讲的第一个故事："当我参加红军那天"；
你们的第一张决心书："当祖国需要的时候……"

"呵，指导员牺牲前告诉我：
'想到呵——十年后……百年后……'"

"呵，我们对母亲说：
'我们——永远、永远跟党走！……'"

第一声汽笛响了。　告别欢送的人流。
收回挥动的手臂呵，紧攀住老战士肩头。

第一个旅途之夜。　你把铺位安排就。
悄悄打开针线包呵，给"新兵们"缝缀衣扣……

呵！　是这样的家庭呵，这样的骨肉！
是这样的老战士呵，这样的新战友！

呵，祖国的万里江山！　……
呵，革命的滚滚洪流！　……

一路上，扬旗起落——
苏州……郑州……兰州……

一路上，倾心交谈——
人生……革命……战斗……

而现在，是出发的第几个夜晚了呢?
今晚的谈话又是这样久、这样久……

看飞奔的列车，已驶过古长城的垛口，
窗外明月，照耀着积雪的祁连山头……

但是，"接着讲吧，接着讲吧!
那杆血染的红旗以后怎么样呵，以后? "

"说下去吧，说下去吧!
那把汗浸的镢头开呵、开到什么时候? "

"以后，以后……那红旗呵——
红旗插上了天安门的城楼……"

"以后，以后……那南泥湾的镢头呵——
开出今天沙漠上第一块绿洲……"

呵，祖国的万里江山! ……
呵，革命的滚滚洪流! ……

"现在，红旗和镢头，已传到你们的手。
现在，荒原上的新战役，正把你们等候! "

看，老战士从座位上站起——
月光和灯光，照亮他展开的眉头……

看，青年们一起拥向窗前——
头一阵大漠的风尘，翻卷起他们新装的衣袖！

……但是现在，已经到必须休息的时候，
老战士命令："各小队保证，一定睡够！"

立即，车厢里平静下来……

窗帘拉紧。　灯光减弱。　人声顿收……

但是，年轻人的心呵，怎么能够平静？
——在这样的路上，在这样的时候！

是的，怎么能够平静呵，在老战士的心头，
——是这样的列车，是这样的窗口！

看那是谁？　猛然翻身把日记本打开，
在暗中，大字默写："开始了——战斗！"

那又是谁呵？　刚一入梦就连声高呼：
"我来了！　我来了！　——决不退后！　……"

呵，老战士轻轻地走过每个铺位，
到头又回转身来，静静地站立在门后。

面对着眼前的这一切情景，
他，看了很久，听了很久，想了很久……

呵，胸中的江涛海浪！ ……
呵，满天的云月星斗！ ……

——该怎样做这次行军的总结呢？
怎样向党委汇报这一切感受？

该怎样估量这支年轻的梯队呵？
怎样预计这开始了的又一次伟大战斗？

……戈壁荒原上，你漫天的走石飞沙呵，
……革命道路上，你阵阵的雷鸣风吼！

乌云，在我们眼前……
阴风，在我们背后……

江山呵，在我们的肩！
红旗呵，在我们的手！

呵，眼前的这一切一切呵，
让我们说：胜利呵——我们能够！

……
……

呵！　我亲爱的老同志！
我亲爱的新战友！

现在，允许我走上前来吧，
再一次、再一次拉紧你们的手！

西去列车这几个不能成眠的夜晚呵，

我已经听了很久，看了很久，想了很久……

我不能、不能抑止我眼中的热泪呵，

我怎能、怎能平息我激跳的心头？！

我们有这样的老战士呵，

是的，我们——能够！

我们有这样的新战友呵，

是的，我们——能够！

呵，祖国的万里江山、万里江山呵！……

呵，革命的滚滚洪流、滚滚洪流！……

现在，让我们把窗帘打开吧，

看车窗外，已是朝霞满天的时候！

来，让我们高声歌唱呵——

"……鲜红的太阳照遍全球！……"

　　　　　　　　　　1963 年 12 月 14 日，新疆阿克苏

（选自《人民日报》，1964 年 1 月 22 日）

到远方去

邵燕祥

收拾停当我的行装，
马上要登程去远方。
心爱的同志送我
告别天安门广场。

在我将去的铁路线上，
还没有铁路的影子。
在我将去的矿井，
还只是一片荒凉。

但是没有的都将会有，
美好的希望都不会落空。
在遥远的荒山僻壤，
将要涌起建设的喧声。

那声音将要传到北京，
跟这里的声音呼应。
广场上英雄碑正在兴建啊，
琢打石块，像清脆的鸟鸣。

心爱的同志，你想起了什么？
哦，你想起了刘胡兰。
如果刘胡兰活到今天，

她跟你正是同年。

你要唱她没唱完的歌，
你要走她没走完的路程。
我爱的正是你的雄心，
虽然我也爱你的童心。

让人们把我们叫作
母亲的最好的儿女，
在英雄辈出的祖国，
我们是年轻的接力人。

我们惯于踏上征途，
就像骑兵跨上征鞍，
青年团员走在长征的路上，
几千里路程算得什么遥远。

我将在河西走廊送走除夕，
我将在戈壁荒滩迎来新年，
不管什么时候，只要想起你，
就更要把艰巨的任务担在双肩。

记住，我们要坚守誓言：
谁也不许落后于时间！
那时我们在北京重逢，
或者在远方的工地再见！

1952 年 11 月 23 日

（选自邵燕祥诗集《到远方去》，新文艺出版社 1955 年 5 月版）

伟大的手

王老九

一九五八年七月，我应邀去北京参加了中国民间文学工作者会议，和毛主席照了相，握了手。

我编歌唱道：

毛主席和我握了手，
我心变黄金永不锈；
心窝里飞来五彩凤，
贴心的歌儿唱出口。

毛主席的手宝指头，
连天连夜画蓝图，
指得天宫玉皇亡，
指得海中龙王走。

毛主席的手宝指头，
指得工厂如云稠，
指得机器样样多，
指得钢铁遍地流。

毛主席的手宝指头，
指得农村跑铁牛，
指得深山出乌金，
指得荒滩冒石油。

毛主席的手宝指头，
指得黄河变清流，
指得长江搭彩虹，
指得高山低下头。

毛主席的手宝指头，
指得沙漠变绿洲，
指土成金金万斗，
指得河水上山头。

毛主席的手宝指头，
整顿苍天修地球；
指出光明总路线，
引导人民天堂走。

1958 年 7 月

（选自《王老九诗选》，东风文艺出版社 1959 年版）

中国人民的手

[古巴] 比达·罗德里格斯
赵金平译

这首诗要歌唱中国人民的手，
歌唱勤劳的手，不倦的手，
像不可摧毁的卷拱那样
支撑着那条从今天通向未来的
革命的大桥的手。

看吧！　这是双不懈怠的手，
是播种、锻冶、铸造、建筑、收获的手，
仿佛茂盛的林木，把河水拦阻，
把大山凿穿，把堤坝兴建，
把荒漠变成翠绿的稻田，
在鞍山的高炉中，
把祖国的明天熔炼。

这是把黄河长江的野马驯服，
把它们的破坏力量
用堤坝和水库的缰绳
牢牢地套住的手。

这是在从前贫民窟的遗址上
修筑新的工人村落的手。
这是钢铁一般坚强的
建起人民公社牢不可破的堡垒的手。

这是手艺工人的手，

熟练的指头上保藏着千年的智慧。

这是齐白石和徐悲鸿的手，

执着画笔把生活里最美的景象描绘。

这是南方农民的手，

用方方块块耕田织成巨大的地毯。

这是陶瓷工人的神手，

这是织锦绣花的巧手。

这是架起了武汉的大桥

越过长江天堑沟通南北的手。

这是奇妙的手，

能使大自然每天创造出一朵新菊。

这是制造飞机火车头的手，

这是把象牙刻成小小的浮雕世界的手。

这是给工作母机

锻造硕大零件的手，

这是创作玲珑盆景的手。

这是建设东北大型联合企业的手，

这是挡住帝国主义豺狼入侵的

人民解放军的握着步枪的手。

这是学会了用自己的力量

改变世界面貌的手。

这是中国人民的援助的手，

伸向受压迫被掠夺的弟兄，

直到地球上最遥远的角落。

这是在殖民主义者和剥削者面前
变成愤怒的挥舞的拳头的手。
这是和亚洲、非洲、拉丁美洲
一切为着未来而斗争的人民
团结友好的中国人民的手。

中国人民的手，同志的手，
跟全世界人民握手的手。
中国人民的手，
革命的纯洁的手。

　　　　　　　　　　1963 年 11 月 14 日，北京

（选自比达·罗德里格斯诗集《中国人民的手》，作家出版社 1964 年
版）

告别林场

——给共产主义的伐木者

傅　仇

请记着今天大风雪的日子，
有一队伐木者告别林场。
让我们最后再看一眼，
我们的心窝发热，喜气洋洋。

我们今年春天上山采伐，
遍山是对天的云杉、冷杉、赤桦。
我们把宝贵的木材送给祖国，
建设铁路、工厂、高楼大厦。

青山披着鹅毛雪花，
刚好一年，就告别"森林之家"。
山上留下年青的幼树和母树，
我们请林墙来保护它。

胆小的獐子、大胆的金钱豹，
温驯的小鹿、肥美的马鸡；
别说我们已经走了，
随便来践踏我们的林区。

我们真不愿离开这里，
但我们还要去采伐新林区。
什么时候我们再回来？

最早也是一百年，一个世纪！

一个世纪，一百个年辰，
再走进这青山的已经不是我们；
而是一批批共产主义的新人，
电气化的伐木者，我们的子孙。

那未来的美妙远景，
怎不使我们沉醉动心！
让我们在这山上刻下一块树碑，
把我们的历史和预言告诉下一代人：

"在祖国第一个五年计划的开头，
正是我们最早走进原始森林的时候；
是我们为祖国采伐了第一批大树，
建设了新型厂房、学校、社会主义道路。

"我们走了，留下满山最好的树种，
到二十一世纪，你们上山的时候，
有一座新的无比茂盛的森林，
留给你们采伐，建设共产主义的高楼。"

再见了，我们亲爱的林场，
让我们的思想感情永远生在这里。
再见了，未来的共产主义的森林，
请接受二十世纪伐木者的敬礼。

1954 年 9 月

（选自诗集《雪山谣》，中国青年出版社 1956 年版）

沙枣花

——沙枣花的自白。赠南来的开拓者

田　间

我的名字叫沙枣花,

塔里木这是我的家;

我的心像一颗红印,

在这儿深深地打下;

新世界勇敢的开拓者,

火红的旗子高高挂。

惊雷,不怕!　风沙,不怕!

石头,不怕!　豺狼,不怕!

我的叶子像旗子

我的花呀像火花;

我发出春天的信号

把真理传遍天涯。

革命者一定会胜利

乘长风招来满天红霞;

南方的燕子欢鸣吧,

北方的大雁翻飞吧;

我在这儿挥着手

送你一束沙枣花!

沙枣花!

沙枣花!

1963 年 7 月

（选自《诗刊》,1963 年 9 月号）

运杨柳的骆驼

公 刘

大路上走过来一队骆驼，
骆驼骆驼背上驮的什么？
青绿青绿的是杨柳条儿吗？
千枝万枝要把春天插进沙漠。

明年骆驼再从这条大路经过，
一路之上把柳絮杨花抖落，
没有风沙，也没有苦涩的气味，
人们会相信：跟着它走准能把春天追着。

（选自《中国当代诗歌经典》，春风文艺出版社 2003 年版）

在云彩上面

雁　翼

我们的工地，在彩云中间，
我们的帐篷，就搭在彩云上面，
上工的时候，我们腾云而下，
下工的时候，我们驾云上天。

白天，我们和云雀一起歌唱，
画眉鸟也从云下飞上山巅，
夜里，我们和星斗一起谈笑，
逗引得月亮也投来笑颜。

当我们过节的时候，
在云上演剧，跳舞，
当我们开庆祝会的时候，
摘下朵朵云霞，挂在英雄的胸前。

当我们饿了的时候，
砍下云上的柏枝烧饭，
当我们口渴了的时候，
就痛饮云上的清泉。

当炎热的季节到来，
云上的松树给我们撑伞，
当寒冷的冬季到来，

我们砍下云上的松枝，把篝火点燃。

篝火的青烟升入高空，
带着我们的欢笑飞过群山，
它告诉远近的人民，
云彩上面有了人烟。

它告诉我们亲爱的领袖，
我们正按照你的意志改变荒山，
它告诉我们亲爱的祖国，
你的儿女战斗在云彩上面。

1955.11.29 于雨嚎山下

（选自《白杨颂》，作家出版社 1963 年 6 月版）

车儿呀，你尽情地奔驰吧！

巴·布林贝赫（蒙古族）

多么辽阔的平原，
车儿呀，你尽情地奔驰吧！
让我和阔别已久的故乡，
一路平顺地快些会面！

远处的树木和村落，
一闪一闪地迎面闪过。
合作社连片的土地，
飞也似的向后驰去。

火车上的椅子这般柔软，
为什么坐着还感到不安？
夜以继日地一直赶路呀，
为什么睡下也不能入眠？

父亲呀，因为加入了合作社，
不知道你怎样的高兴？
母亲呀，想要把这消息告诉爱儿，
不知道你等得如何焦心？
我那银白色的沙原上，
准已轧出了崭新的大道。
我那红铜色的山峰上，
准已竖起了钻探的石标。

我那凉爽的山坡上，
准已安下了合作社的夏营牧场。
我那令人舒心的原野上，
准已布满了合群的牛羊。

曾经在一起摔过跤的伙伴们，
该有多少个当上了劳动模范！
曾经在一起玩耍过的孩子们，
该有多少个成为了青年团员！

我那年迈的父亲哪，
他那前额上的皱纹准已减少。
我那年老的母亲哪，
她那头发上的白霜准已褪掉。

天边绵绵的青山呀，
快把你的头低下！
请你不要挡住我的视线，
让我看看那兴旺的故乡。

草原上袅袅的蜃气呀，
快把你的翅膀收敛！
请你不要遮住我的目光，
让我看看那心爱的故乡。

顺着那——
参加人民的军队时，
驾着花牛坐着木轮车，

曾经走过的道路：

火车纵情地奔驰着，
驰过漫长的路途。
我和那出生的故乡呀，
不久即将会晤。

当父亲放进木盘的术斯，
脂油还未凝结之前准能赶到。
当母亲盛进木碗的奶茶，
热气还未散尽之前定能到达。

骑上那黑溜溜的走马，
也没有这般轻快如飞。
骑上那毛茸茸的骆驼，
也没有这么柔软自在。

多么辽阔的平原，
车儿呀，你尽情地奔驰吧！
让我和阔别已久的故乡，
一路平顺地快些会面！

1956 年 9 月

（选自《1949—1979 诗选》，人民文学出版社 1981 年版）

布谷鸟叫了

吴琪拉达（彝族）

一

在青山绿林里，

在悬崖陡壁上，

在村庄的后山，

在深深的谷底，

布谷鸟叫了，

声音婉转清晰。

二

往年，

布谷鸟飞来，

从远方，

从山后，

披一身黑色的披毡，

飞进村庄来。

她站在崖畔的松树上，

叫一声，

山谷绿了；

叫二声，

犁地的人牵牛放牧了；

叫三声，

垦荒的人放下锄头，

用手捶胸，

坐在荒草地上哭了；

叫四声，

山路上的老妈妈，

双手抱住空口袋，

泪水连成线了；

叫五声，

门口的老公公，

右手扶拐杖，

左手牵孙子，

孙子喊爹喊妈哭了。

抬头望天，

天是黄的；

埋头看地，

地是绿的。

三

今天，

布谷鸟又来了，

从远方，

从山后，

披一身黑色的披毡，

飞进村庄来了。

她站在屋后的松树上，

叫一声，

太阳出来了；

叫二声，

炊烟四起了；

叫三声，

寨前寨后响起一片歌声了；

叫四声，

我醒了，

走出门去，

她又飞走了，

到绿荫深处去了。

一声一声：

"布谷，布谷……"

我站在小坡上，

山下的村庄披着一片霞光，

牧童在山腰上扬起鞭子，

解放了的奴隶走向田间。

等我回头的时候，

山也青了，

地也青了，

田野笼罩着金色的光芒。

四

在青山绿林里，

在悬崖陡壁上，

在村庄的后山，

在深深的谷底，

布谷鸟叫了，

声音婉转清晰。

1957 年 7 月

（选自《1949—1979 诗选》，人民文学出版社 1981 年版）

给志愿垦荒队

——欢送支边垦荒的昆明青年

周良沛

夜半，狂风疯狂地摇撼窗户，

满楼啊，雨雨风风，

我啊，怎能不想起你明日的路途。

也许，明夜你将睡在另一个山头，

星天下，想起我和你的朋友；

也许，地生路生，摸不到驿站，

你就不停步地迎着雨迎着风。

我知道，不说什么你也会勇敢地前去，

可是，我仍然要为你祝福！

有次战斗，我曾到过你将踏上的荒土，

就地抓起杂草，燃起了篝火、灶烟，

悄悄转移，夜色茫茫，还不见它的真面目，

可是，它却深深地震动到心灵深处！

篝火边，我们庄稼汉的手，

习惯地抓把那里的泥土——

哎，肥沃的土地怎么经得起荒芜！

以后，我还不知道有什么人走过那里，

只听说有人从那里踏出了一条小路。

可是，真正带给它生命的，

却是你豪迈的脚步！

一排新盖的草棚，

行行垫草的地铺，

溪前，洗衣、淘米，

门前是拗断把的斧锄。

近乎古风的俭朴，

又是浪漫主义的画图——

银锄震醒古老沉睡的土地，

烧草、砍树，烈火熊熊，

奇鸟、野兽惊飞蹿奔，

你们围着火唱歌、跳舞。

山岭的炊烟，荒地的鸡鸣，

窗下，正是东山日出。

犁沟深处，播下的种子，

在汗水里和你一道欢欣、惊梦！

顽石险峰，万千险阻，

一锤一钎，炮药齐轰；

茅草串根，庄稼的毒瘤，

一锄一锄，根草不留。

锄把笔直笔直，

向荒山开战永不弯腰；

锄落，炮轰，山摇地动，

移山的壮志，不休地进攻！

大地，于是每日生育千百次，

苗长着咖啡、可可、菠萝、三叶树，

英雄树的红花像晚霞烧红天空，

硕果，多汁的乳房垂在各处，

如元宵五颜六色的灯笼！

生活开始了，诗篇就这么写就，

平凡的事物，又包含多少深刻的故事！

你可记得那些早上，那些晚上，

你想着这些事，眉宇不舒？

你可记得那些早上，那些晚上，

你想怎样用自己的心写下决心书？

你说着，你讲着，你笑着，

迎着早上的太阳站在报名处，

说着自己的愿望，讲着自己的未来，

心底的秘密，也羞怯地坦露。

未婚的孩子，你想得多好啊，

还想到我们子孙的事！

每句话都给你这么一个问号，

你考虑好了吗？　你准备好了吗？

即使问一万句，你也只有一个回答：

我考虑好了！　我准备好了！

于是无比激动地写下自己的名字，

也许写下自己的乳名"小三"或"王五"，

而我看到的，只是"走向生活"四个字。

我啊，我要替你大声地宣布，

宣布那边此时还没人烟的村名，

即使那里还没有机器、房屋，

可是我见你心里的火花，

已闪出未来的建筑。

当你走向那片荒土，

我用耳朵贴在地面，
远处传来破土的笑声，
像诗韵在淙淙地流。

　　　　　　　　　　　　1955 年 11 月

（选自周良沛诗集《雪兆集》，人民文学出版社 1982 年版）

开山的炮声

顾　工

从那高耸的石岩中，
喷出一股股淡蓝色的硝烟。
挺拔的松树，
和鸟雀一起飞上青天；
巨大的怪石，
和冻土一齐坠下深涧；
层层叠叠的峰峦，
都吓得巍巍发颤。
那威武的炮声，
顺着狭长的山谷隆隆向前。

炮声顺着峡谷隆隆向前：
正在织氆氇的藏族少女，
现出一张欢乐的笑脸，
她好像已经看到公路，
已经看到汽车扬起来的尘烟。
她轻轻地喃喃自语：
"啊！　那时我可以不再穿——
这件已经穿了三代的破羊皮衫；
我将要缝一身灿烂的衣裳，
在四周还镶上彩色的花边。"

炮声顺着峡谷隆隆向前：

正在弯腰收割的藏族妇人，

喜悦充满了黑晶晶的两眼，

她好像已经看到公路，

已经看到新运来的犁耙、铁镰。

她摇摆着怀抱中的青稞说：

"啊！　那时我可以用更好的农具种田

——从磨里磨出更多更细的藏粑面；

我将要酿出美味的青稞酒，

来度过一个比一个更好的新年。"

炮声顺着峡谷隆隆向前：

正在投着石子赶牦牛的青年，

快活灌满了他的心田，

他好像已经看到公路，

已经把艰险的小路走完。

他抚弄着牦牛微笑：

"啊！　以后我不想再骑你的脊背，

我要骑在'铁牦牛'的腰身上面，

它能够在一天之内翻过千山万水，

它能够奔到我最向往的北京城前。"

硝烟随着白云消散，

炮声顺着峡谷传远，

峰峦中又显现出无数的英雄战士，

在悬崖上打着钢钎，

在峭壁旁点着引线。

这里的少女、妇人、青年……

都把希望寄在他们身上，

都把深情送到他们身边。

因为每一声锤响，

都和藏胞的幸福相连；

因为每一声爆炸，

都在迎来幸福的明天。

1954 年 7 月于波密

（选自《诗选（1953—1955）》，人民文学出版社 1956 年版）

第一批中国汽车

流沙河

遍身找不出半个外国字母，

中国的钢，

中国的胶轮，

中国的螺丝钉……

第一批中国汽车来到北京，

鸣着喇叭

——那自豪的声音，

让六大洲、四大洋都来倾听。

让那些梦想中国工厂长满荒草的人，

让那些预言鞍山要种高粱的人，

让那些嚷着"禁运"的人，

也来听听。

中国的汽车飞跑在中国的大街，

满载建设的器材，

追上"福特""道奇"，

和"吉斯"并肩前进。

中国的汽车飞跑在中国的乡村，

胶轮狂吻芳香的泥土，

抹去了千年来手推车辗的迹印，

留下了美丽的花纹。

中国的汽车摇醒中国的大地。

中国的大地——中国的母亲，

请听，请听，

儿子的脚步声！

（选自流沙河诗集《告别火星》，作家出版社 1957 年版）

三门峡水利工程有感

穆 旦

想起那携带泥沙的滚滚河水，
也必曾明媚，像我门前的小溪，
原来有花草生在它的两岸，
人来人往，谁都赞叹它的美丽。

只因为几千年受到了郁积，
它愤怒，咆哮，波浪朝天空澎湃，
但也终于没有出头，于是它
溢出两岸，给自己带来了灾害。

又像这古国的广阔的智慧，
几千年来受到了压抑、挫折，
于是泛滥为荒凉、忍耐和叹息，
有多少生之呼唤都被淹没！

虽然也给勇者生长了食粮，
死亡和毒草却暗藏在里面；
谁走过它，不为它的险恶惊惧？
泥沙滚滚，已不见昔日的欢颜！

呵，我欢呼你，"科学"加上"仁爱"！
如今，这长远的浊流由你引导，

将化为晴朗的笑，而它那心窝

还要进出多少热电向生活祝祷!

1957 年

（选自《穆旦诗文集》，人民文学出版社 2006 年版）

"金桥",通车了!

梁上泉

这一天，金沙江
澜沧江
雅鲁藏布
在一起纵情歌唱。

这一天，二郎山
折多山
色霁拉
在一起闪闪发光。

因为，这座"金桥"，
从首都架到了拉萨，
跨过千山万水，
带来了东方的彩霞。

四年，战斗的四年——
一千多个白昼，
一千多个夜晚，
都盼望着这一天。

为了这一天，
一千多个日子的严寒，
都集中在一个时辰，

我们也经得住考验！

为了这一天，
两千多公里路的艰险，
都集中在一个工地，
我们也要与它决战！

有这样顽强的人民，
支持着我们的臂膀，
就是天塌下来，
也有撑起来的力量！

哪一个藏胞的牛毛帐篷，
没响起过支前的歌声？
哪一座冰封雪冻的山冈，
没响起过牦牛运输队的铃铛？

哪一寸路基，
不是军民亲手开？
哪一粒石子，
不是大伙细心安排？

我们有这样的大家庭，
我们有一颗团结的心，
在这世界的屋脊上，
才有这条公路的诞生。

这第一辆彩车，
载着六万万颗激动的心，

载着毛主席的题字，
开到了祖国的边城。

我们的珠穆朗玛女神，
听到了这个喜讯，
将更高地昂起银光闪射的冠冕，
骄傲地望着远大的前程。

我们喜马拉雅山上的哨兵，
听到了这个喜讯，
紧握着比白雪还亮的刺刀，
将更有信心拨开那战争的乌云。

这庄严的时刻啊，
使我们无比欢腾；
北京是幸福的发源地，
我们和祖国一道
正——在——前——进！

1954 年 12 月 26 日

（选自《西南文艺》，1955 年 6 月号）

每当我印好一幅新地图的时候

李学鳌

我爱我的祖国，
像爱我的母亲，
我虽然不生产钢铁和小麦，
我却用我全部的力量，
描绘着她壮丽的面容。

每当我印好一幅新地图的时候，
就无法控制那海涛般的激情，
这纵横九百六十多万平方公里的土地啊，
处处像磁石一样吸引着我的眼睛，
吸引着我的心到处飞腾。

啊，这个圆点儿就是我们的鞍钢，
解放前这儿是一片废墟、烂铁场，
敌人想从地图上把它抹掉，
让我们叹息着在这儿种高粱。
可是我们回答敌人的
是滚滚的钢水，是高炉的欢唱！
啊，这儿曾经是漫无人烟的戈壁滩，
现在，一排排油井架高插入天，
黑色的血液直泻奔流，
它策动着工业的轮子日夜飞旋。

当我正赞美玉门油矿的时候，
那边巍峨的昆仑山脚下，
又出现了一块丰饶的油田；
为了这喜讯啊，
我的印刷机又和我一起狂欢！

看，这儿是一道弯曲的蓝线，
横亘在祖国大地当中，
为了让列车横跨过滔滔的江水，
江面上正筑起一道钢铁的长虹。

啊，这儿是宝成和兰新铁路，
多少年只是爬在纸上的两条虚线，
看今天！　它们多么像受了热的水银柱，
飞快地伸展在地图上面！
快拿起笔来添啊，
这里又多了两条铁路新线，
它们将通向伟大的盟邦苏联！

看那向自然进军的尖兵们到处跋涉，
他们用铁锤、标尺叩醒了沉睡的山林。
任何障碍也不能阻拦建设大军的脚步，
哪怕是酷暑严寒、高山峻岭，
他们坚信在自己走过的路上，
每一寸土地都会有幸福诞生。

不，幸福已经从他们的脚印上诞生，
你看那森林般的铁塔和烟囱已升向天空，
昨天这儿还是一片空白，

今天就出现了一座工业城，
明天当新地图上刚把这里添好新点、新线的时候，
那边，又响起了震天的夯声……

祖国啊，我的母亲，
尽管我驾的是世界上最新的印刷机轮，
也赶不上你神速的变化，像闪电、像飓风，
千万吨彩色油墨也描绘不出你外表的美丽，
你内在的美更比你的外表高超万分！
祖国啊，你自己讲吧，
你到底有多少田野和森林？
到底有多少城市和铁路？
有多少农场和矿坑？
好让我描绘出你真实的面容。

祖国啊，你自己讲吧，
在你的历史上哪有过这样的光荣？
是谁把新的里程碑在你的脚前竖起？
是谁用双手替你叩着社会主义的大门？

祖国啊，我的母亲，
我虽然描绘不出你神速的变化和美丽，
可是我知道那是谁——
正在用无比的智慧和劳动，
日夜不停地创造着你庄严伟大的面容！

（选自《北京日报》,1954 年 12 月 7 日）

我是一个装卸工

黄声孝

我是一个装卸工，
威镇长江万里程，
左手搬来上海市，
右手送走重庆城。

我是一个装卸工，
干劲冲破九重天，
太阳装了千千万，
月亮卸了万万千。

我是一个装卸工，
生产战斗在江中，
钢铁下舱一声吼，
龙王吓倒在水晶宫。

我是一个装卸工，
建设祖国打冲锋，
举起泰山还嫌小，
能把地球推得动。

（选自《1949—1979诗选》，人民文学出版社1981年版）

我为祖国献石油

薛柱国

锦绣河山美如画，
祖国建设跨骏马。
我当个石油工人多荣耀，
头戴铝盔走天涯。
头顶天山鹅毛雪，
面对戈壁大风沙。
嘉陵江边迎朝阳，
昆仑山下送晚霞。
天不怕，地不怕，
风雪雷电任随它。
我为祖国献石油，
哪里有石油，哪里就是我的家！

红旗飘飘迎彩霞，
迎风扬鞭催战马。
我当个石油工人多荣耀，
头戴铝盔走天涯。
茫茫草原立井架，
云雾深处把井打。
地下原油见青天，
祖国盛开石油花。
天不怕，地不怕，
改造世界雄心大。

我为祖国献石油，

石油滚滚流，我的心里乐开了花！

（选自《我为祖国献石油：著名词作家薛柱国作品选》，中国工人出版社
2006 年 5 月版）

防风林赞

雷抒雁

一株白杨，一把倚天的剑，
一棵沙枣，一团绿色的云，
在我们祖国漫长的边境，
屹立着威严的防风林。

它们蜿蜒在山岭，
警惕着漫天风云；
它们滚动在戈壁，
献出了一片青春。

微风里，娓娓细语，
——唱给祖国的歌一往情深；
风暴里，怒涛呼啸，
——每棵树都肩起战士的重任。

风沙来了，风沙来了，
黑压压滚来战车般的黄尘；
狂暴的风射出沙石的枪弹，
妄图吞没红日，蓝天，白云……

保卫山河，保卫春色，
于是，每一片绿叶都充满了仇恨；
保卫红日，保卫蓝天，

于是，战斗的歌响彻整个丛林！

沙枣的堡垒，挺身而立，
拦住风沙滚滚的车轮；
白杨的长剑，青光闪闪，
斩断杀气腾腾的黄尘……

"我们宁可枝折叶落，
也不能放过残暴的敌人；
我们纵然根拔体裂，
也要为春天光荣献身！

"虽然是战斗在遥远的边境，
却和亿万棵树木根连着根，
请看我们身后，
呼啸着海洋般广阔的森林。"

风沙败了，
丢盔弃甲，一路哀吟；
风沙息了，
倒行逆施，终究难逃覆灭命运！

绿色的剑呵，绿色的云，
英雄的边防战士不正像道防风林！
他们用战斗的生命和青春，
为祖国砌一道钢铁的国门！

（选自雷抒雁诗集《沙海军歌》，北京人民出版社 1975 年 6 月版）

给石油河

李小雨

我曾在黄河岸边走过，
听船夫的号子，樵子的山歌，
几千年刀光血火，站起一个伟大的民族，
历史呵，就这样从浪尖上滔滔流过……

今天我走尽黄河，来到渤海边，
钻塔送我一条石油河——
层层油浪，流着自豪，流着欢乐，
油花里，有汗，有血，有歌！

于是，我重又听见黄河的涛声了，
民族的志气，创业的精神，全在这里融合，
每滴油珠都像闪着雷暴，闪着篝火，
油海上，正耸立起一个强大的祖国！

呵，多么骄傲，英雄民族的儿女，
千年历史的续篇，就将从这里落墨，
石油河呵，你就是我们新的黄河，
听，万千铁人正唱起震天撼地的歌！

（选自李小雨诗集《雁翎歌》，上海文艺出版社 1979 年 11 月版）

给垦区的恋歌

赵丽宏

当熹微的曙光撩开迷蒙的夜雾，
我们的垦区显出多么动人的轮廓，
像一个朝气蓬勃的姑娘，
在波涛翻滚的海面上静卧。

微红的晨岚浸染着鱼塘的碧水，
那优美的涟漪就是你传神的眼波；
清凉的晨风吹拂着无边的稻海，
那起伏的金浪就是你甜蜜的笑涡。

乳色的炊烟飘展在幽蓝的天幕，
那透明的烟缕正是你挥动着手帕？
嘹亮的钟声萦绕在宁静的晨空，
呵，你在呼唤我们开始一天的生活！

我们来啦，我们来啦，
我们踏着露珠到海堤上巡逻，
我们背着箩筐到果园里采摘，
我们驾着银燕到田野里收割……

我们来啦，我们来啦，
我们唱着歌儿到场院里扬谷，
我们划着小船到鱼塘中撒网，

我们挥着鞭子到海滩上放牧……

垦区哟，在晨光里舒展宽广的胸脯，
你是那么热情呵你是那么欢乐；
那淙淙的渠水像是可着嗓门在喊：
来呀，来尽情地耕耘，尽情地收获！

绿色的垦区呵，你愿意听吗？
我爱在早晨为你唱一支热情的恋歌。
我们热爱你的每寸土地每条河流哟，
我们留恋你的每棵小草每株树木……

我们播种，萌芽长成了你的绿林，
我们流汗，汗水流成了你的河……

我们用缤纷的色彩涂没了你的丑陋，
我们用蓬勃的生机驱逐了你的荒漠。

春天耕作，我们为你裁剪新衣，
冬天开渠，我们为你疏通血脉……
你回赠我们两手金黄的茧花，
你炼就我们一身强健的筋骨！

让我大声说：我爱你！　我爱你！
像海滩般坦白，像海浪般真挚。
尽管在地图上你只有芝麻大一点，
在创业者心中，你却代表着祖国！

1973 年 2 月于崇明岛

（选自赵丽宏诗集《珊瑚》，重庆出版社 1982 年 8 月版）

江山如此多娇

我爱这土地

艾 青

假如我是一只鸟，
我也应该用嘶哑的喉咙歌唱：
这被暴风雨所打击着的土地，
这永远汹涌着我们的悲愤的河流，
这无止息地吹刮着的激怒的风，
和那来自林间的无比温柔的黎明……
——然后我死了，
连羽毛也腐烂在土地里面。

为什么我的眼里常含泪水？
因为我对这土地爱得深沉……

1938 年

（选自诗集《艾青诗选》，人民文学出版社 1955 年版）

歌的王国

苏金伞

像远古的牧人
逐水草而居，
我们向有歌的地方
聚拢。

人在，
歌在；
有歌，
就有搏斗。

歌唱，
使我坚强起来；
使心与心紧密地扣合。

歌唱，
使人与人燃烧在一起，
熔成一块铁。

歌唱，
使孤离者加入多数，
使沉默者发出声音。

当我们的面前

被装甲车挡住去路，

我们就扣起手臂，

唱着歌去冲锋。

当我们的旗帜

被刀棍冲散，

我们就用歌声，

重整队伍。

当我们在草场上开会，

墙外布满了机关枪，

我们就用歌声，

保卫自己。

我们

在歌声里锻炼，

在歌声里成长；

我们已结成一个

任何围攻都不能粉碎的

庞大的歌的王国。

　　　　　　　　　　　　1948 年 5 月 30 日

（选自《苏金伞诗选》，人民文学出版社 1983 年版）

骑马挎枪走天下

张永枚

骑马挎枪走天下，
祖国到处都是家。

我曾在大巴山上种庄稼，
我曾风雨推船下三峡。
蜀山蜀水把我养大，
蜀山蜀水是我的家。

为求解放把仗打，
毛主席引我们到长白山下，
地冻三尺不愁冷，
北方的妈妈送我棉衣和靴鞋；

百里行军不愁吃，
北方的大嫂为我煮饭又烧茶；
生了病，挂了花，
北方的兄弟为我抬担架。

骑马挎枪走天下，
走到北方啊，
北方就是我的家。

我们到珠江边上把营扎，

推船的大哥为我饮战马，

小姑娘为我采荔枝，

阿嫂沏出茉莉茶，

东村西庄留我住，

天天道不完知心话。

骑马挎枪走天下，

走到南方啊，

南方就是我的家。

祖国到处有妈妈的爱，

到处有家乡的山水家乡的花，

东西南北千万里，

五湖四海是一家。

我为祖国走天下，

祖国到处都是我的家。

1954 年东莞

（选自张永枚诗集《螺号》，作家出版社 1963 年版）

祖国，我回来了

未 央

车过鸭绿江，
好像飞一样。
祖国，我回来了，
祖国，我的亲娘！
我看见你正在
向你远离膝下的儿子招手。

车过鸭绿江，
好像飞一样，
但还是不够快呀！
我的车呀！
你为什么这么慢？
一点也不懂得
儿女的心肠！

车过鸭绿江，
江东江西不一样，
不是两岸的
土地不一样肥沃秀丽，
不是两岸的
人民不一样勤劳善良。
我是说：
江东岸——

鲜血浴着弹片；

江西岸——

密密层层秫秸堆，

家家户户谷满仓。

我是说：

江东岸的人民，

白天住着黑夜一样的地下室；

江西岸的市街，

夜晚像白天一样亮堂！

祖国呀，

一提江东岸，

我的心又回到了朝鲜前方。

车过鸭绿江，

同车的人对我讲：

"好好儿看看祖国吧，同志！

看一看这些新修的工厂。"

一九五三年

是我们五年计划的头一个春天——

春天是竹笋拔尖的季节，

我们工厂的烟囱

要像春天的竹笋一样！

老人们都说：

孩儿不离娘。

祖国呀，

在前线

我真想念你！

但我记住一支苏维埃的歌：

"假如母亲问我去哪里，

去做什么事情，

我说，我要为祖国而战斗，

保卫你呀，亲爱的母亲！……"

在坑道里，

我哼着它，

就像回到了你的身旁，

在作战中，

我哼着它，

就勇敢无双！

车过鸭绿江，

好像飞一样。

祖国，我回来了，

祖国，我的亲娘！

但当我的欢喜的眼泪

滴在你怀里的时候，

我的心儿

却又飞到了朝鲜前方！

1953 年 2 月

（选自诗集《祖国，我回来了》，湖北人民出版社 1978 年版）

军帽底下的眼睛

胡　昭（满族）

透过炮火，透过烟雾，
那军帽底下
闪动着一对眼睛，
它们在四下搜寻。

从一个伤员爬向一个伤员，
她望着同志们坚毅的眼睛，
轻声地说："不要紧……"
每个指尖都充满疼爱，
她包扎得又快又轻。

我想起妹妹的眼睛
那么天真而明净，
我想起妈妈的眼睛
那么温暖那么深……
深深地望了她一眼
我回身又扑向敌人。

无论黑夜或白天
不管我守卫，我冲锋……
我眼前常闪动起那对眼睛。

这时，我就把枪握得更紧，

我就更准地射击敌人。

我要保卫那对眼睛——

妹妹的眼睛，妈妈的眼睛，

我亲爱的祖国的眼睛！

1952 年 12 月

（选自《抗美援朝诗选》，人民文学出版社 1953 年版）

我们的哨所

李 瑛

三面是海，一面是山，

我们的哨所雄踞在山巅；

白天，太阳从门口踱过，

夜晚，花似的繁星落满窗前。

我们的哨所太陡太陡，

浪涛像在我们的胸膛飞卷；

我们的哨所太高太高，

它就要飞上青天。

虽然这哨所又小又险，

我们却感到宽阔又平安；

我们双脚踏稳地面，

把山作墙垣，海作庭院。

从山上垂下一条小路，

和祖国的每条大道紧紧相连；

为回答祖国的叮嘱，

我们挥手，用一缕炊烟。

一面是山，三面是海，

山海紧偎着我们观察班。

祖国对我们满怀期冀，

我们回答她,怎能不以最大的勇敢!

1960.12

(选自李瑛诗集《哨所静悄悄》,解放军文艺出版社 1963 年 3 月版)

桂林山水歌

贺敬之

云中的神呵，雾中的仙，
神姿仙态桂林的山！

情一样深呵，梦一样美，
如情似梦漓江的水！

水几重呵，山几重？
水绕山环桂林城……

是山城呵，是水城？
都在青山绿水中……

呵！　此山此水入胸怀，
此时此身何处来？

……黄河的浪涛塞外的风。
此来关山千万重。

马鞍上梦见沙盘上画：
"桂林山水甲天下"……

呵！　是梦境呵，是仙境？
此时身在独秀峰！

心是醉呵，还是醒？
水迎山接入画屏！

画中画——漓江照我身千影，
歌中歌——山山应我响回声……

招手相问老人山，
云罩江山几万年？

——伏波山下还珠洞，
室珠久等叩门声……

鸡笼山一唱屏风开，
绿水白帆红旗来！

大地的愁容春雨洗，
请看穿山明镜里——

呵！　桂林的山来漓江的水——
祖国的笑容这样美！

桂林山水入胸襟，
此景此情战士的心——

江山多娇人多情，
使我白发永不生！

对此江山人自豪，

使我青春永不老!

七星岩去赴神仙会,
招呼刘三姐啊打从天上回……

人间天上大路开,
要唱新歌随我来!

三姐的山歌十万八千箩,
战士呵,指点江山唱祖国……

红旗万梭织锦绣,
海北天南一望收!

塞外的风沙呵黄河的浪,
春光万里到故乡。

红旗下:少年英雄遍地生——
望不尽:千姿万态"独秀峰"!

——意满怀呵,情满胸,
恰似漓江春水浓!

呵! 汗雨挥洒彩笔画:
桂林山水——满天下! ……

(选自贺敬之诗集《放歌集》,人民文学出版社 1972 年 9 月第 2 版)

乡村大道

郭小川

一

乡村大道呵，好像一座座无始无终的长桥！
从我们的脚下，通向遥远的天地之交；
那两道长城般的高树呀，排开了绿野上的万顷波涛。

哦，乡村大道，又好像一根根金光四射的丝绦！
所有的城市、乡村、山地、平原，都叫它穿成珠宝；
这一串串珠宝交错相连，便把我们的锦绣江山缔造！

二

乡村大道呵，也好像一条条险峻的黄河！
每一条的河身，至少有九曲十八折；
而每一曲、每一折呀，都常常遇到突起的风波。

哦，乡村大道，又好像一道道干涸的沟壑！
那上面的石头和乱草呵，比黄河的浪涛还要多；
古往今来的旅人哟，谁不受够了它们的颠簸！

三

乡村大道呵，我生之初便在它上面匍匐；
当我脱离了娘怀，也还不得不在上面学步；
假如我不曾在上面匍匐学步，也许至今还是个侏儒。

哦，乡村大道，所有的山珍土产都得从此上路，

所有的英雄儿女，都得在这上面出出入入；

凡是前来的都有远大的前程，不来的只得老死峡谷。

四

乡村大道呵，我爱你的长远和宽阔，

也不能不爱你的险峻和你那突起的风波；

如果只会在花砖地上旋舞，那还算什么伟大的生活！

哦，乡村大道，我爱你的明亮和丰沃，

也不能不爱你的坎坎坷坷、曲曲折折；

不经过这样的山山水水，黄金的世界怎会开拓！

（选自诗集《郭小川诗选》,人民文学出版社 1977 年 12 月版）

祖国颂

乔　羽

太阳跳出了东海，
大地一片光彩。
河流停止了咆哮，
山岳敞开了胸怀。
啊，鸟在高飞，花在盛开，
江山壮丽，人民豪迈。
我们伟大的祖国，
进入了社会主义时代。

江南丰收有稻米，
江北满仓是小麦，
高粱红啊棉花白，
密麻麻牛羊盖地天山外……

铁水汹涌红似火，
高炉耸立一排排，
克拉玛依荒原上，
你看那石油滚滚流成海。

长江大桥破天险，
康藏高原把路开，
万里山川工程大，
哪怕它黄河之水天上来。

啊，太阳跳出了东海，

大地一片光彩，

河流停止了咆哮，

山岳敞开了胸怀。

鸟在高飞，花在盛开，

江山壮丽，人民豪迈。

我们伟大的祖国，

进入了社会主义时代。

1958 年作

（选自《乔羽文集·诗词卷》，新华出版社 2004 年版）

祖　国

铁依甫江(维吾尔族)

祖国，自从我来到人间，
我的喜怒哀乐就与您紧紧相连。
您对儿女的辛勤哺育和爱抚，
一息尚存，我将永远铭记心间。

我的一切都属于您的赐予：
开始第一次呼吸；
接触第一线光明；
有了第一个愿望和记忆。

是您教会了我区分冬夏，
懂得了冷暖炎凉、酸甜苦辣；
是您教会了我识别善恶，
懂得了美丑、大小与真假。

我熟谙您无边无际的寥廓大地，
那浓密的果林和飘香的花园；
我熟谙您星罗棋布的大小城镇，
奔腾湍急的河流、白雪皑皑的群山。

我熟谙饱经风霜的爷爷奶奶，
健壮的小伙子、姑娘和同辈的伙伴；
我熟谙祖祖辈辈的坟茔墓地，

以及我们的后代，将瓜瓞绵绵。

我熟谙我们昨夜的灾难，
和那古老的历史，血迹斑斑；
我熟谙多少世纪的决斗，
和赢得胜利时泪飞如雨的狂欢。

今天我们决心用金字书写历史——
一部宏伟的史诗，正气凛然；
每一页、每一个字母、每一个标点，
都标志着时代的智慧、正直和尊严。

这个时代还仅仅是幸福的黎明，
我们子孙享有的阳光将更为充盈。
但他们也决不应数典忘祖、骄矜自大，
站在历史潮头的，还有我们整整一代人。

祖国，我誓做维护您荣誉的忠诚哨兵，
胸中将永远炽燃着对您火一样的深情；
只要能把我的内心披露于万一，
我就不悔自己枉做了诗人。

1956 年

（选自《铁依甫江诗选》，人民文学出版社 1982 年版）

拉萨河的性格

汪承栋(土家族)

雪山是我阿爸,

云岭是我阿妈;

跃千丈悬崖,

穿百里深峡,

练就我性格的浪花。

我爱新生的土地,

——羊群漫草坝,

金麦伴红荞,

春风追骏马;

流不完的诗和画。

我恋和平的村庄,

——炊烟舞云纱,

牧笛招山歌,

笑语缠情话;

泻不尽的锦和霞。

黄河长江是我的姐妹,

祖国土地是我的家。

我欢歌接待邻邦朋友:

"远方的客人请你留下。"

赏我抹红披绿,荡玉飘花;

览我半河林园,半河庄稼。

我愿溢出全部豪爽，
浇灌友谊的奇葩。

但谁敢欺我善良温柔，
风云变化我变化；
万柱波峰举尖刀，
千座浪山会爆炸；
谁敢夺我河中水，
谁敢套我铁锁枷；
且看湍急的漩涡，
就是铁硬的回答！

（选自《1949—1979 诗选》，人民文学出版社 1981 年版）

我爱祖国的蓝天

阎　肃

我爱祖国的蓝天，
晴空万里阳光灿烂。
白云为我铺大道，
东风送我飞向前。
金色的朝霞在我身边飞舞，
脚下是一片锦绣河山。
啊，水兵爱大海，
骑兵爱草原，
要问飞行员爱什么，
我爱祖国的蓝天。

我爱祖国的蓝天，
云海茫茫一望无边。
春雷为我敲战鼓，
红日照我把敌歼。
毛泽东思想指引着我们，
人民空军勇往直前。
啊，水兵爱大海，
骑兵爱草原，
要问飞行员爱什么，
我爱祖国的蓝天。

（选自《阎肃歌词歌曲精选》，蓝天出版社 2011 年 7 月版）

笑在万里长城

林　希

把歌声和欢笑
撒满崎岖、却并不坎坷的盘山道
长城
给绿色的山河作了两千年铁的枷锁
终于，春天的信息消溶了寒冬的料峭

连白发苍苍的攀登者
都把那可怕的"老"字忘掉，
再老，也没有长城老
大家都正在青春年少
即便是多休息几次
也要登上山巅的烽火台
那里，风光最好

连孤独的旅人
也抛去惆怅，烦恼
莽莽苍苍，蜿蜒万里
人间，还有什么事情不能办到
如果再有兴趣，再有必要
今天，我们仍然可以再造一道
而且，工期要短，质量要高
因为我们有了推土机，悬臂吊
有民族振兴的火炬在心头燃烧

哦！不了——

两千年前或许是伟大的壮举

两千年后，却只能换取生活的嘲笑

让我们兴建另一座万里长城

联结起每一座城镇

联结起每一处村庄

为展翅的东方巨人

修筑起飞的跑道

人，是这样的伟大

伟大得建造了万里长城

人，又是这样的渺小

渺小得似岩石间的小草

我们永不做贪求自我宽慰的弱者

为失落的民族信心

来这里寻觅廉价的骄傲

我们是历史最后的胜利者

我们得到了一个新世纪

失去的，仅仅是一副奴隶的镣铐

因为，长城是封建社会的开端

我们负着历史的嘱托

来这里画一个终结的句号

于是，在新的起点上

长城，你似一串闪光的琥珀项链

在祖国母亲的胸前

听她青春的心音欢跳

（选自林希诗集《无名河》，江苏人民出版社1983年3月版）

我的歌

吉狄马加（彝族）

我的歌

是长江和黄河多声部合唱中

一个小小的音符

我的歌

是多情的风

是缠绵的雨

是故乡山岗上

一只会唱歌的百灵

是献给这养育我的土地的

最深沉的思念

我的歌

是一只飞过高山和平原的

美丽的相思鸟

我的歌

是含笑的泪

是初恋的潮

是远方地平线上

一条黑色的河

是献给我古老民族的

一束刚刚开放的花朵

我的歌

是那蓝色的天空上

一朵飘动的云

我的歌

是幽谷的回音

是远山的一声呼唤

是暴风雨过后

一条迷人的岸

是献给祖国母亲的

最崇高的爱

（选自《祖国之歌》，北方文艺出版社 1999 年 9 月第 1 版）

祖国啊，我亲爱的祖国

舒　婷

我是你河边上破旧的老水车，
数百年来纺着疲惫的歌；
我是你额上熏黑的矿灯，
照你在历史的隧洞里蜗行摸索；
我是干瘪的稻穗；是失修的路基；
是淤滩上的驳船
把纤绳深深
勒进你的肩膊；
——祖国啊！

我是贫困，
我是悲哀。
我是你祖祖辈辈
痛苦的希望啊，
是“飞天”袖间
千百年来未落到地面的花朵；
——祖国啊！

我是你簇新的理想，
刚从神话的蛛网里挣脱；
我是你雪被下古莲的胚芽；
我是你挂着眼泪的笑涡；
我是新刷出的雪白的起跑线；

是绯红的黎明

正在喷薄；

——祖国啊！

我是你的十亿分之一，

是你九百六十万平方的总和；

你以伤痕累累的乳房

喂养了

迷惘的我、深思的我、沸腾的我；

那就从我的血肉之躯上

去取得

你的富饶、你的荣光、你的自由；

——祖国啊，

我亲爱的祖国！

　　　　　　　　　　　　1979 年 4 月 20 日

（选自《诗刊》，1979 年 7 月号）

猛　士

周　涛

安得猛士兮守四方

——汉高祖

世间需要这种奇伟的男儿
如同大地需要
拔地而起的群峰

否则，便产生不了奔流入海的大江河
便没有甘愿跌得粉碎的大瀑布
和惊涛裂岸的大轰鸣
倘若大地仅仅满足于平坦
世界该是多么乏味呵
没有一个雷敢撞响天空的沉钟
也没有掀荡浮尘的烈风
世界就会像
一个多雾而燥热夏天的早晨那样
弥漫起令人窒息的平庸……
潇潇易水一道生死的界限
几千年的男儿们
都会碰到这类只能回答一次的课题

有个燕赵的慷慨悲歌之士一去不返
也有拔山盖世的英雄绝路引颈

光荣的失败者不曾失败

留给人间一腔豪气一身勇

也留下千年惋惜千年遗恨

几千年悠然而过

高天阔地间还能听到

热血谱成的悲歌在风里长鸣

有个终身郁郁寡欢的诗中圣人

也有遭了宫刑的太史公

伟大的受辱者不曾受辱

受辱的是一个时代的蒙昧无知

酷吏贪官总是得以飞扬跋扈

苦了的却是整个民族的良心

也许古中国想起就会为之一哭呵

为了那些明亮的闪电

只照彻了无比浓重的铅云

但是中国不绝这种奇伟的男儿

他们用热的血、活的生命

滋润着锈了几百年的历史车轮

猛士呵,我们的军魂

不倒的大纛之下挺起七尺汉子的腰身

只要大展开你骄傲的旗帜

临危时就不惜力拔生命洪流的闸门

孔武、刚毅、狂放而又忠贞

在祖国面前

没有任何慷慨的言论

能比上一次慷慨的献身

我崇拜古往今来的猛士呵

当我热血沸腾时

就羞惭于自己仍是一介书生

1983.10.12

（选自周涛诗集《神山》，解放军文艺出版社 1984 年 11 月版）

一个中国军人在圆明园

——致额尔金勋爵

晓　桦

我佩服你
——额尔金勋爵
你敢于发布这样的命令
把古老东方的京都
投进熊熊大火
在每片飞灰上写下你的姓氏
扬遍全世界的每处角落
在每寸焦土里埋下你的名字
和野草岁岁生长

我不佩服你
——额尔金勋爵
你根本没有敌手
没有敌手却建树功勋的英雄
比拼杀中倒下的战败者还耻辱
焚烧一座没有抵抗的园林
践踏一片不会说话的土地
那是小孩子的手都能胜任的
何用军人的膂力

但你毕竟以你的壮举
给你的后裔们留下
足以在餐桌上大嚼永远的威名

给你民族发黄的编年史

订上火光闪闪的骄傲的一页

我好恨

恨我没早生一个世纪

使我能与你对视着站立在

阴森幽暗的古堡

晨光微露的旷野

要么我拾起你扔下的白手套

要么你接住我甩过去的剑

要么你我各乘一匹战马

远远离开遮天的帅旗

离开如云的战阵

决胜负于城下

我更希望

你以军人的身份再生

当然我决不会用原子武器

对你那单发的火枪

像你用重炮摧毁冷兵器

我希望你是

装备精良训练有素的军人

你会满意的

你的对手不再是猛勇而愚钝的

僧格林沁

在此

我谨向世界提醒一句

从我们这一代起

中国将不再给任何国度的军人

提供创造荣誉建立功勋的机会

（选自《青年文学》,1985 年第 6 期）

祖国啊，我要燃烧

叶文福

当我还是一株青松的幼苗，
大地就赋予我高尚的情操！
我立志作栋梁，献身于人类，
一枝一叶，全不畏雪剑冰刀！

不幸，我是植根在深深的峡谷，
长啊，长啊，却怎么也高不过峰头的小草。
我拼命吸吮母亲干瘪的乳房，
一心要把理想举上万重碧霄！

我实在太不自量了：幼稚！　可笑！
蒙昧使我看不见自己卑贱的细胞。
于是我受到了应有的惩罚——
迎面扑来旷世的风暴！

啊，天翻地覆……
啊，山呼海啸……
伟大的造山运动，
把我埋进深深的地层，
——我死了，那时我正青春年少。

我死了！　年轻的躯干在地底痉挛，
我死了！　不死的精灵却还在拼搏呼号：

"我要出去！ 我要出去！
我要出去啊——我的理想不是蹲这黑暗的囚牢！"

漫长的岁月，
我吞忍了多少难忍的煎熬，
但理想之光，依然在心中灼灼闪耀。
我变成了一块煤，还悲愤地捶打地狱的门环：
"祖国啊，祖国啊，我要燃烧！"

地壳是多么的厚啊，希望是何等的缥缈！
我渴望：渴望面前闪出一千条向阳坑道！
我要出去，投身于熔炉，化作熊熊烈火：
"祖国啊，祖国啊，我要燃烧——"

1979 年 4 月 16 日于北京

（选自《诗刊》,1980 年 8 月号）

幸福集中到这一天

程步涛

感谢大风和这不定期的班船，
奇妙地把一个月缩成一天，
——面对着这厚厚的一叠信件，
黄色的、白色的、蓝色的信笺。

一瞬间，我得到这么多问候，
仿佛亲人们全站在面前。
他们争着拉住我的手，
给我爱，给我情，给我温暖。

像五月里晶亮晶亮的雨丝，
滋润着心中繁茂的树冠，
这是信念之树，忠贞之树，
扎根在祖国漫长的海岸。

我把信笺摆成一个扇形，
细细地品着这一天的甘甜，
也许，正因为海岛离家乡太远，
幸福才忽然集中到同一个时间。

(选自《解放军文艺》,1980 年 7 月号)

旋转的地球上有我的祖国

胡世宗

人类的史书上有我的祖国，
写满了苦难、坎坷、艰辛的跋涉
多少汗与泪，多少血与火，
终于有了五颗金星缀上红旗的时刻！

旋转的地球上有我的祖国，
世人皆知她地大物博，
多少平原、高山，多少长河、大漠……
可供万代子孙休养生息，连续开拓！

每当看到旭日从东方徐徐升起，
我便想到我伟大的祖国，
迷雾不能遮挡，乌云不能覆盖，
她在英勇地挺进，光芒四射！

每当看到鲜花悄悄地开放，
我便想到我美丽的祖国，
她每天都焕发出新的姿容，
浓郁的香气总沁满我的心窝！

清早，我在南海的礁盘上巡逻，
祖国就是洁白的浪花朵朵；
傍晚，我在乌苏里江边放哨站岗，

祖国就是界河岸上青草棵棵……

即使把我抛到海角天涯，
我也不会孤独，不会寂寞；
即使让我面对狂涛烈火，
我也不会胆战，不会畏缩！

因为我不是一个单单的小我，
我胸中有一支无比浩大的歌，
这支歌我将毕生高唱，
那歌的名字就叫《祖国》！

（选自《人民日报》，1989 年 9 月 30 日）

中国，我愿是您荒野中的一条小路

章德益

中国，我愿是您荒野中的一条小路，
一条掩埋于风沙间的小路，
一条蜿蜒于瀚海间的小路。

我愿做一条柔肠般的小路，
依恋着中国的寸寸荒土，
曲曲地盘旋，迂回地卧伏，
凝聚着我多少献身的幸福。

我愿做一条闪电般的小路，
以曲折的轨迹，扯开远方的荒漠，
以开拓者的足音作雷声，
震碎窒息大地的一切寂寞。

我愿做一条拉链般的小路，
缝在贫瘠荒远的大漠深处，
让拉链下的地球，
贮满人类血汗的玛瑙，幻想的珍珠。

我愿做一条焊条般的小路，
向远天伸去——爆出一蓬太阳的焊火，
以生命的光热，人生的火花，
把地球与光明焊在一处。

呵，中国，我愿是您荒野中的一条小路，

一条无止尽地伸向远方的小路，

一条无穷尽地伸向明天的小路。

我痴想，我会化成一缕彩线，

从启明星的针眼里穿过，

去缝制一天朝霞的军旗，

高高举起在我们古老而又年轻的大陆。

我痴想，我会化成一条笑纹，

在地球的脸颊上凝固，

让后人，永远记着这地球上曾有过的幸福——

多少先驱者，以脚步之吻亲遍辽远的荒土。

我痴想，我会化成一条巨藤，

下垂着那只半生半熟的地球的巨果，

人类的血汗不断从这巨藤上流经，

一定会灌得它贮满真善美的甜露！

呵，中国，我愿是您荒野中的一条小路，

一条远在天涯而又近在心头的小路，

一条起自荒原而又通向希望的小路。

（选自章德益诗集《生命》，新疆人民出版社 1985 年 4 月版）

贺年片

徐　刚

把我的诗当作贺年片，
献给我亲爱的祖国。
——不是万古长青的松柏，
没有花花绿绿的颜色……
那只是刚从心里流出的水珠，
每一个字都还炙手可热——
我要说，我爱你，祖国，
贫穷的祖国也是我的祖国！
我爱苦的黄连，
我爱甜的甘蔗。
我爱热的南方，
我爱冷的北国。
我爱一切嫩芽，
我爱所有弱者。
我爱深山中的樵夫，
我爱沙漠里的骆驼……
只有站在祖国的泥土上，
我的眼睛才能像泉水一般清澈！
我的贺年片在我的心上，
我的心上是亲爱的祖国。

（选自徐刚诗集《抒情诗一百首》,北京十月文艺出版社 1983 年 12 月版）

积雪线

王久辛

西望祁连！ 西望祁连！
狼牙般峥嵘，银蛇般蜿蜒。
积雪线哟，是战士的目光——
射过整个祁连，
横切一重关山！
一半，是狂雪飞舞的冬季，
一半，是滴翠溢彩的夏天……

把蜡梅般火红的爱，
捧给雄鸡般神圣的祖国；
把刀光般雪亮的恨，
留给敢对和平动着邪念的战犯。
而将自己——
融进这座四季不变的高高雪原。

那半山融不尽的皑皑白雪，
是战士融不尽的忠诚，流向戈壁、
流向大漠，流向初萌的红柳
和一片生长着的希望；
那半山花簇绿荫的夏天，
是战士的热恋！

西望祁连！ 西望祁连！

狼牙般峥嵘，银蛇般蜿蜒。

一半，雪飘，

一半，蝶飞，

一道士兵警惕的目光，

拉起共和国神圣的尊严！

（选自《解放军文艺》，1985 年 9 月号）

骑马进入朱仙镇

杨志学

时间的风，空间的云
我要骑马进入朱仙镇

走路太慢，免不了饥渴劳顿
飞机太快，又无法把目标靠近
汽车过于喧闹，乘船离不开水道
仔细思忖，骑马进入最契合我的身心

骑马可以让我纵横驰骋
骑马可以让我自由地穿梭
骑马可以让我全身心融入祖国的土地
骑马可以让我无间隙地走进古人的生活

从刀耕火种的小村，到朱亥的聚仙名镇
文明的演进在这里留下了清晰的脉络
从春秋时期的征讨，到南宋岳家军朱仙大捷
一场场战火，淬炼着朱仙镇英勇不屈的性格

如今硝烟远逝，祖国安定祥和
我骑马来到这里，缱绻逗留
古代的战马，早不知去了何处
我的马儿亲吻着泥土，怎么也爱不够

时间的风，空间的云

看我骑马进入朱仙镇，品读千古名镇的神韵

（选自《人民日报》,2016 年 1 月 27 日）

飞 行

赵 琼

在冬天，任意一片
从天而降的雪花
都轻得，不能再轻
它们却要，一片一片地
往一起聚拢，以集结的形式
来装扮，一座江山的凝重

在雪原，一朵蜡梅
当然微小。 它们仍要
在严寒里
一朵接着一朵地开
用执着和坚守
来养活整个春天的葱茏

在长空，我们是一只又一只
由钢铁给予了生命的
巡天之鹞
我们有与雪花一样的银羽
我们的血液，与蜡梅的颜色
完全相同

在皑皑的雪域之上，我们
唯一的信念

与火和太阳同族、同种
在新年盛开的礼花丛中
以一面红旗的指向
播撒祥和的春风

此刻，我与战鹰，翱翔于一幅
版图的头顶。 在母亲的眼中
我们都是祖国的一颗种子
被捍卫的手植于责任的田垄
时时等待一声号令，再去用忠诚
来反哺使命

（选自《空军报》长空副刊,2019 年 1 月 1 日）

祖国：边地序曲

亚　楠

悄然降临的雪等待

丰收喜悦

季节用辽阔诠释多彩年景

人们辛勤劳作

只为内心明亮

让沸腾的群山成为盛世图腾

当我面对一个新时代

满怀豪情沿着全新思维一直向前

而我们静静聆听

山河欢愉

家国情怀就是我的情怀

就是一曲波澜壮阔的时代强音

大地辽阔，人们丰沛的内心

让我记住这些，记住人间五谷丰登

向善的人们打开心扉

多好的酬劳啊！　这汗水换来的

果实我们倍加珍惜——

以辽阔情怀开启心智

也代表那些为边疆开发建设

奉献一生的人们

所以呀

当我一次又一次迎来盛大庆典

心中必将升起祥光

崭新蓝图绘就

社会和谐，各行各业日新月异

啊！　这欣欣向荣的图景

昭示了向美向善的

力量集结

感恩这片土地

给了我自由驰骋的空间

在这片热土

我愿意用开拓者名义呼唤

祖国灿烂明天

但我们依然需要奋进，需要

虔诚之心涵养

时代赋予的重任

唯有倍加努力才能完成

需要意志

敢于拼搏勇于实践

用创新廓清思路

在这风清气顺的大地上播撒

爱情收获阳光

（选自《新疆日报》,2015 年 8 月 16 日）

独坐敬亭山想起李白

田　斌

尽管我也是独坐
与诗仙相比，我却要幸运许多
偶尔传来一两声鸟鸣
就能带给我好心情

我所看见的风景，比李白
也要丰富得多
毕竟过了千年，敬亭山变得
更明亮，也更多情了

我常常一个人来敬亭山独坐
生活的变迁，祖国的富强
令我心花怒放！　偶尔也有伤感
那只是因为美好的时光如此易逝

（选自《诗刊》,2010 年 8 月号上半月刊）

祖国，我也是您的儿女呀！

廖　群（中国台湾）

千里迢迢奔赴闽南寻找祖籍地，
又赶到北京与故乡来的同胞团聚，
列车上人们的盈盈笑意与亲切
使我深深感动：祖国
我也是您的儿女呀！

我有这么多亲如手足的兄弟姐妹，
在这个大家庭中我一点儿也不陌生。
即使我们是在遥远的异域相逢，
我们也能凭您的语言相认，祖国
我也是您的儿女呀！

早晨拥挤在上班的人海中，
晨雾里飘动着同胞们的笑脸；
夜晚倾听您亲切熟稔的款款乡声，
我喜欢得想把您的声音藏进枕芯。
祖国，我也是您的儿女呀！

我真想用故乡出产的菠萝香蕉，
能给您的生活增一层香甜；
我还希望同胞们每人都能有一把台湾伞，
给你的柔柔雨雾点缀得五彩缤纷；
当然，我更希望国产的上海牌轿车，

能在台湾的高速公路上飞驰，
我愿做一个年轻的计程车司机，
免费运送探亲访友的同胞们。

我更希望遗散在台湾故宫博物院的国宝，
能早日回到北京紫禁城里展出，
让民族分离的悲剧，
永远永远地成为过去的历史。
我更希望能在天安门广场建造一座花钟，
它应该比台湾阳明山公园的花钟更大更漂亮，
我们用全国各地的四季鲜花点缀它，
倾听它为祖国四化实现而敲响的洪亮钟声。

是的，祖国，等到那个伟大日子到来的时候，
我就挽着我的同胞们与我们子孙的手，
静静地坐下来，望着您的眼睛，轻轻地说一声：
祖国，我也是您的儿女呀！

（选自《诗刊》,1982 年 3 月号）

月桐　惶续著跼礫蹙

长征组歌(选二首)

肖　华

四渡赤水出奇兵

横断山，
路难行，
敌重兵，
压黔境。
战士双脚走天下，
四渡赤水出奇兵。
乌江天险重飞渡，
兵临贵阳逼昆明。
敌人弃甲丢烟枪，
我军乘胜赶路程。
调虎离山袭金沙，
毛主席用兵真如神。

过雪山草地

雪皑皑，
野茫茫。
高原寒，
炊断粮。
红军都是钢铁汉，

千锤百炼不怕难。

雪山低头迎远客，

草毯泥毡扎营盘。

风雨侵衣骨更硬，

野菜充饥志越坚。

官兵一致同甘苦，

革命理想高于天。

（选自诗集《红军不怕远征难》，人民文学出版社 1978 年版）

英雄赞歌

公　木

一

风烟滚滚唱英雄，

四面青山侧耳听，侧耳听。

晴天响雷敲金鼓，

大海扬波作和声。

人民战士驱虎豹，

舍生忘死保和平。

为什么战旗美如画？

英雄的热血染红了它。

为什么大地春常在？

英雄的生命开鲜花。

二

英雄猛跳出战壕，

一道电光裂长空，裂长空。

地陷进去独身挡，

天塌下来只手擎。

两脚熊熊趟烈火，

浑身闪闪披彩虹。

为什么战旗美如画？

英雄的热血染红了它。

为什么大地春常在?

英雄的生命开鲜花。

三

一声吼叫炮声隆,

翻江倒海天地崩, 天地崩。

双手紧握爆破筒,

怒目喷火热血涌。

敌人腐烂变泥土,

勇士辉煌化金星。

为什么战旗美如画?

英雄的热血染红了它。

为什么大地春常在?

英雄的生命开鲜花。

1963 年秋

注:这是为故事片《英雄儿女》创作的歌词,刘炽作曲。

(选自《我爱——公木自选诗集》,时代文艺出版社 1990 年版)

回延安

贺敬之

一

心口呀莫要这么厉害地跳，
灰尘呀莫把我眼睛挡住了……

手抓黄土我不放，
紧紧儿贴在心窝上。

……几回回梦里回延安，
双手搂定宝塔山。

千声万声呼唤你，
——母亲延安就在这里！

杜甫川唱来柳林铺笑，
红旗飘飘把手招。

白羊肚手巾红腰带，
亲人们迎过延河来。

满心话登时说不出来，
一头扑在亲人怀。

二

二十里铺送过柳林铺迎，
分别十年又回家中。

树梢树枝树根根，
亲山亲水有亲人。

羊羔羔吃奶眼望着妈，
小米饭养活我长大。

东山的糜子西山的谷，
肩膀上的红旗手中的书。

手把手儿教会了我，
母亲打发我们过黄河。

革命的道路千万里，
天南海北想着你……

三

米酒油馍木炭火，
团团围定炕上坐。

满窑里围得不透风，
脑畔上还响着脚步声。

老爷爷进门气喘得紧：
"我梦见鸡毛信来——可真见亲人……"

亲人见亲人面，
欢喜的眼泪眶眶里转。

"保卫延安你们费了心，
白头发添了几根根。"

团支书又领进社主任，
当年的放羊娃如今长成人。

白生生的窗纸红窗花，
娃娃们争抢来把手拉。

一口口的米酒千万句话，
长江大河起浪花。

十年来革命大发展，
说不尽这三千六百天……

四

千万条腿来千万只眼，
也不够我走来也不够我看！

头顶着蓝天大明镜，
延安城照在我心中：

一条条街道宽又平，
一座座楼房披彩虹；

一盏盏电灯亮又明，
一排排绿树迎春风……

对照过去我认不出了你，
母亲延安换新衣。

五

杨家岭的红旗啊高高地飘，
革命万里起高潮！

宝塔山下留脚印，
毛主席登上了天安门！

枣园的灯光照人心，
延河滚滚喊"前进"！

赤卫军，青年团，红领巾，
走着咱英雄几辈辈人……

社会主义路上大踏步走，
光荣的延河还要在前头！

身长翅膀吧脚生云，
再回延安看母亲！

1956 年 3 月 9 日，延安

（选自贺敬之诗集《放歌集》，人民文学出版社 1959 年版）

延河照样流

戈壁舟

离别延河久，
延河照样流，
流入黄河流入海，
千年万年永不休。

永不休啊爱延河，
从前延河尽是歌。
多少战马在此饮，
多少战士从此过，
多少英雄杀敌回，
钝了的战刀延水磨。
延河流入黄河里，
如今歌声遍全国。

谁说延河浑？
延河水，洗风尘；
毛主席住过延河边，
延河的水可清心。
吃过十年延河水，
走尽天下不忘本；
蹚过千遍延河水，
一辈子埋头为革命。

谁说延河小?

延河大无边。

大无边，海相连，

狂风暴雨驶来船，

黑夜不怕风和浪，

万丈灯塔照得远。

请看革命航线上，

毛主席亲自来指点。

谁说延河没春天?

延安是个大花园。

你看老年人的心，

你看年青人的脸。

想想那时边区外，

茫茫黑夜是深渊。

太阳是从延河升，

全国春风才吹遍。

离别延河久，

延河照样流，

革命洪流流向前，

不到头来永不休。

　　　　　　　　　　1953 年 3 月 23 日夜在延河畔

注:此诗最早发表于《人民文学》1953 年 9 月号,发表时题为《延河照旧流》。

(选自戈壁舟诗集《延安诗抄》,陕西人民出版社 1978 年版)

井冈山——北京

文莽彦

从井冈山到北京，
有千里万里路程，
千里，万里，
相连着红军的脚印。

从井冈山到北京，
有千重山，万条水，
千山，万水，
有人民的深情厚意相通。

当年的传说振奋人心，
在那食油被封锁的日子，
毛主席提出点灯用一根灯芯，
一根灯芯，竟促使一场战争获胜！

当年的故事感人深沉，
在那粮食被断绝的年月，
朱德同志自备扁担挑米上岭，
一根扁担，也是挑着一场革命。

从井冈山到北京，
有多少勤俭楷模，优秀作风，
今天千万个增产节约的故事里，

还点燃着当年山头的那根灯芯。

从井冈山到北京，
有多少辉煌榜样，光荣传统，
今天劳动锻炼人人肩膀硬，
肩膀上有当年的扁担传到如今。

从井冈山到北京，
相连着红军的脚印，
革命的种子落地发芽，
滋长着奋发不息的斗争精神。

1959 年 5 月

（选自文莽彦诗集《井冈山颂》，上海文艺出版社 1960 年 5 月第 1 版）

诗人毛泽东

任先青

你用平平仄仄的枪声
写诗
二万五千里是最长的一行

常于马背上构思
便具有了战略家的目光
战地黄花　如血残阳
成了最美的意象

有时潇洒地抽烟
抬头望断南飞雁
宽阔的脑际　却有大江流淌
雪天　更善畅想
神思飞扬起来
飘成梅花漫天的北国风光

相信你是最严肃的诗人
屈指数算
一首气势磅礴的诗
调动了半个世纪的酝酿

轻易不朗诵
天安门城楼上只那一句

便成了世界的诗眼

嘹亮了东方！

（选自《诗刊》，1990 年第 6 期）

两袖清风的毛泽东

刘　章

像坚信江河必然行地，
像坚信日月必然行空，
我坚信，一千年，一万年，
中华民族也远望毛泽东的背影。

他是一个农民的儿子，
来时一样两手空空，
由于他的精耕细作，
给中国留下了满地收成。

他用六个亲人的鲜血，
染就了春天的花红；
他留下了五卷雄文，
成为永久的风景。

从韶山冲到井冈山，
从西柏坡到北京城，
他把毕生献给了祖国，
而他个人的财富是两袖清风。

由于他的言传身教，
新中国的早春天朗气清，
枪毙刘青山、张子善的枪声，

叫十七年官仓无鼠横行……

他把贵重的礼品交公，
中国历史收到的是廉政，
上梁正，下梁不歪，
新中国的大厦磐石般坚定。

毛泽东是伟人，
比普通人感情更深更浓，
他爱整个人类，
他更爱中国这个家庭。

他戴的是一块普通的手表，
伴着他为民造福，朝夕必争；
他枕的，是朋友送他的枕头，
伴着他送走一个个严冬。

他用的是一方老友赠予的砚台，
饱蘸笔一挥，四海翻腾；
他吃下延安的小米、红枣，
品味岁月的峥嵘。

他珍视友情、乡情，
他心怀纯洁、赤诚，
他两袖清风的身影，
是万古不化的雪峰！

（选自《诗刊》,2006 年 9 月号）

周总理,你在哪里?

柯　岩

周总理，我们的好总理，
你在哪里呵，你在哪里？
你可知道，我们想念你，
——你的人民想念你！

我们对着高山喊：
周总理——
山谷回音：
"他刚离去，他刚离去，
革命征途千万里，
他步步紧跟毛主席！"

我们对着大地喊：
周总理——
大地轰鸣：
"他刚离去，他刚离去，
你不见那沉甸甸的谷穗上
还闪着他辛勤的汗滴……"

我们对着森林喊：
周总理——
松涛阵阵：
"他刚离去，他刚离去，

宿营地上篝火红呵，
伐木工人正在回忆他亲切的笑语。"

我们对着大海喊：
周总理——
海浪声声：
"他刚离去，他刚离去，
你不见海防战士身上，
他亲手给披的大衣……"

我们找遍整个世界，
呵，总理，
你在革命需要的每一个地方，
辽阔大地
到处是你深深的足迹。

我们回到祖国的心脏，
我们在天安门前深情地呼唤：
周——总——理，
广场回音：
"呵，轻些呀，轻些，
他正在中南海接见外宾，
他正在政治局出席会议……"

总理呵，我们的好总理！
你就在这里呵，就在这里！
——在这里，在这里，
在这里……
你永远和我们在一起

——在一起，在一起

在一起……

你永远居住在太阳升起的地方，

你永远居住在人民心里，

你的人民世世代代想念你！

想念你——想念你

——想——念——你……

1976 年

（选自柯岩诗集《周总理，你在哪里?》，四川人民出版社 1979 年 2 月
版）

记忆中的一刻

白　桦

五十五年前的锦官城，
一个凉爽夏日的傍晚。
我和贺龙元帅面对面地坐在廊下，
听他讲完"南昌暴动"的往事，我问：

"1927 年 7 月 31 日的夜里，
您想到过您将要踏上的
这条路是一条血路，
而且如此漫长吗？"

他衔着行将熄灭的烟斗，
久久没有回答我。
目光凝视着正在树叶间跳跃的阳光，
好像在等待一个蝉鸣的间歇。

蓦然，他把目光从枝叶间收回来，
注视着我，轻声说："没想到。"
"那么，老总！　您想到的是什么呢？
在那个严峻、险恶而惊险的时刻。"

"是老百姓应该有一支自己的军队，
用来反抗侵略、消灭独裁和压迫。
军队当然要打仗，打仗就要流血，

中国的历史本来就是一条血的长河。

"但愿从我们这一代军人身上流出的
最后……最后一滴血，
就是中国流血历史的最后一个句号。
——这就是我当时所想到的……"

2007 年 6 月,上海

（选自《诗刊》,2007 年 8 月号上半月刊）

致麦新烈士

——你，长眠在我故乡的土地

高洪波

我是在一首歌中认识你的。
你把自己的名字
镌刻在一把大刀上
这大刀很沉重，很明亮
插在中国的历史里
插成一座刀碑！

父辈们传说：
麦部长的个子很小，
在土匪的伏击中
来不及跃上高大的战马。
父辈们传说：
你让通讯员驰走了，
自己留下来掩护，
这通讯员后来当了县长。

你是南方青年，
与科尔沁素来无缘。
你却把血洒在草原深处
洒在嘎达梅林
马蹄踏过的地方。
你的血掺着你的歌
开出蓝色的马莲花，

星星点点，
染遍了绿色草原。

那是在南方的军营，
我唱过你的歌子，
我手头没有大刀，
有一杆半自动步枪。

我看你站在连队里
挥着青春的手臂
指挥着千百条喉咙
纵情高唱！

从此我坚信，
只要冲锋号震响，
你就会一跃而起，
向每个来犯的鬼子头上
劈一道闪电的刀光！

注：麦新烈士，《大刀进行曲》的作者，解放战争中，牺牲在内蒙古开鲁县。

（选自高洪波诗集《阳光心情》，作家出版社 2010 年 1 月版）

大渡桥横

石　祥

奔的大渡河像一张竖琴，
急流如瀑，波浪滔天，
十三根铁索似琴弦，
弹着浪花，横在水面。

来泸定参观学习的人，
谁不到铁索桥上站一站！
凡在桥上走过一趟的人，
谁不发出惊心的感叹！

四十八丈长的铁索桥，
桥上：一步三摇；桥下：万丈深渊。
不要说有敌人封锁、追赶，
随便走一走双腿都要发颤。

当年红军飞夺泸定桥，
是何等的机智，何等的勇敢！
二十二勇士二十二支箭，
射出一条打不断的进军路线！

如今成昆铁路几跨大渡河，
为什么人们绕道来泸定参观？
十三根铁索是十三道钢轨，

红军早已设计好祖国建设的图案!

人们站在铁索桥上远眺,
大渡河的浪花拨动着心弦!
要保持当年那么一股劲,
万里长征路,不是终点是起点!

(选自石祥诗集《新的长征》,人民文学出版社 1977 年 8 月版)

英雄的画像

元　辉

　　黄继光是一个贫苦农民的儿子,生前没有照过一张相。牺牲后,许多画家、雕塑家想重现烈士的形象而无所依据,因而深以为憾。

你留下了血染的衣衫和信件,
留给了我们长江一样深长的怀念,
留下了团费和入党申请书,
却没有留下一张照片。

你童年的岁月太黯淡了!
竟无缘走进照相馆,
而侵略者的火焰迫在眼前,
幸福的生活又过早地中断。

今天,多少人想有一张英雄的照片,
多少人想看看英雄的容颜,
呵,谁承想一张失传的脸,
竟引起如此巨大的遗憾!

有的人一生癖爱留影,
但何曾留给人几分思念?
而人们却用最壮丽的色彩,
把一张陌生的肖像画在心间。

英雄呵！　你没有为自己

留下一张生前的照片，

但却把祖国的形象，

留在了举世瞩目的上甘岭前。

（选自元辉诗集《英雄的画像》，人民文学出版社 1978 年 8 月版）

苍溪红军渡

叶延滨

第一个飞越这个渡口的是子弹
也许是你爷爷手上的那支枪
也许他那时还只是个少年
少年强，则中国强啊
敢放这头一枪！　子弹让渡口
成为战场，仇恨比波浪更宽比山更高
在不让人讲理的时候
子弹就代替了嘴巴，老子要过河去
河的那边就是新的开始
就是明天，就是希望，就是太阳！

第一个飞越这个渡口的是梦想
就是白天咽下心头的呐喊
就是茅屋漏下的夜雨，就是泪水
就是卖身契被锁进一个铁箱的痛苦
奴隶唯一的财富就是梦
有梦想的奴隶另一个名字叫战士
自由在梦想中让人苏醒
醒了的痛苦就是明白自由在远方
啊，赴汤蹈火我们开始长征
长征的起点，要让梦想飞过渡口！

子弹飞过了渡口

子弹永远飞不过战场，子弹会死在战场

梦想飞过了渡口

梦想比子弹飞得更远，梦想带着生命飞

红军渡，在子弹飞舞中得名

名字说这是一个战场上诞生的孩子

红军渡，在梦想中获得永生

站在这里，你发现自由的风吹拂

一个国家对你说——

这是我的摇篮，我出生的产床……

2016 年写于苍溪红军渡

（选自《解放军文艺》,2017 年 9 月号）

黎明城的号声

张永权

澜沧江畔埋着一名少年号兵，
黎明前牺牲在这遥远的边城。

他那最后一声破晓的号音，
像晨鸡一样唤来了允景洪①的黎明。

他用生命播下了理想的种子，
黎明城也焕发了真正的青春。

人们说那四季常开的鲜花，
是他那鲜红的热血化成。

人们说那奔腾的澜沧江，
盛满了他那永远进击的战斗激情。

人们说那民族工厂的声声汽笛，
是他仍在为边疆吹响进攻的号声。

在今天新长征的进军中，
又仿佛听见他用生命吹出的最强音！

在他的墓前走来了一群傣家儿童，
宣誓的拳头高高举过头顶。

黎明之城因他而光辉灿烂，

他也在各族少年中获得了永生！

注①：允景洪是西双版纳傣族自治州的首府景洪市的一个镇。"允景洪"为傣语，意为"黎明之城"，因此，人们习惯地把它呼作"黎明城"。

（选自《青年诗选》，中国青年出版社 1981 年 12 月版）

仰视杨靖宇烈士塑像

石 英

他是最孤单的人　当时
仗打得只剩下一人一枪
只有白雪和红松相伴
但也只是时空的错觉　其实
东三省三千万同胞　还有
全中国四亿五千万同胞　都和他
在一起　只不过在此时此地
他作为他们意志的代表　一个人
宁愿将漫天风雪披在身上　一个人
将白山黑水的苦难都嚼在口里
他是二十世纪四十年代初最充实的人之一
——拥有一切不屈人民的心声！

他是最饥饿的人　当时
草根和树皮都已吃光　肚里
只有棉袄里的烂棉絮　逼迫他
创造超极限纪录的是万恶的敌人
他们将全东北的大豆高粱都搜刮到日本
去加速法西斯军事机器的运转
他是用一个人的绝对饥饿
以减轻相识和不相识的战友饥饿的痛楚
更是为了将来永远不再饥饿
他以干净的空腹向历史证明：

一个真正共产党员除了党和人民的利益
自己甘愿一无所有！

他，只有普通男人的身高　如果
他走在哈尔滨或沈阳的闹市里
除了敌人的密探　一般人不会认出——
他就是日寇悬赏抓捕的杨司令
可是，他身躯的光影直薄云霄
连星月都会因之而增辉　虽然
真正的共产党人不会自我扩张　更不会
为自己打造虚饰的光环　但正义
与真理的光辉本来是孪生兄弟
往往会对历史进行隆重的追认
也许当事人闻不到鲜花的香味
但人间正气最喜与他合影　这时
谁又能测量出他的真正身高？

仰视杨靖宇的塑像　我看见
四面八方的新鲜空气都向他涌来！

（选自石英诗集《走向天安门》，北岳文艺出版社2009年9月版）

红色炮台

峭　岩

你好，黄洋界上的炮台，
黄莺在你肩头唱，
鲜花在你胸前开。
你筑在黑云翻卷的年月，
却名扬艳阳高照的时代！
你立在罗霄山脉的中段，
却比万丈昆仑更为气派！

一个大雾的早晨，
红军战士将你垒起来。
愤怒的火舌喷出炮口，
敌军消遁，群峰喝彩。

毛主席从湘南归来，
胜利的消息激荡他的胸怀。
于是，他将炮声谱入词章，
传遍今日的世界。

你好，黄洋界上的炮台，
老红军来看你，再培一层土，
新战士来看你，重把鲜花栽。
你是无产阶级的基座啊，
谁不把你崇拜！

你是祖国的光荣啊，

千秋万代闪射耀眼的光彩！

（选自《解放军文艺》,1981 年 8 月号）

沙滩红楼

王绶青

北京：沙滩街头，
耸立着一幢红楼。
在那夜黑如墨的岁月，
它是黎明的窗口。

常想起李大钊同志，
曾经在这里工作、战斗。
铁肩担着时代风雨，
妙手撰写革命春秋！

为了"青春中华"的崛起，
将警世的《晨钟》高奏；
回应着阿芙乐尔①的炮声，
唤醒睡梦沉沉的神州！

图书馆，这是你的营垒，
一篇篇文章，像投枪匕首，
那犀利的笔锋，摧枯拉朽，
同时，又是播种春天的金犁、银耧！

讲演台，那是你的战地，
你出生入死，义无反顾。
为了从黑暗中打出光明，

不怕身后的毒蛇、走狗！

一座红楼，如此简朴，
却是科学和民主的圣地。
五四运动曾在此策划，
中国的命运曾在此运筹！

多少年了，历经风雨，
红楼依然是当年风度。
它和李大钊的名字连在一起，
是革命传统教育的重要宝库！

注①：指阿芙乐尔号巡洋舰，是俄罗斯建成于 1903 年的一艘防护巡洋舰。该舰是俄罗斯文化遗产，也是 1917 年"十月革命"的象征。

（选自《王绶青诗选》，时代文艺出版社 2004 年 11 月版）

关于"五四"

张庆和

一拎起这个日子

话题就沉甸甸的重

因为　在那个日子里

从一群铁骨铮铮的青年人身上

激荡　冲撞出一种

叫作革命的精神

巍峨得山一样高大

并且　在以后的日子里

又激励许许多多后来的人

凭着一身血性

不停地开采这山的石头

——用来筑"长城"

或者垒地基

直至铺设成一条条大道

让再后来的人　走得平坦

话到这里　怎么能不沉重呢

谁都不会忘记

是那个烈火般燃烧的日子

冶炼出了

能打制斧头和镰刀的材料

因而　工友和农友们

才拥有了砸碎锁链　和

收获胜利的工具

其实　关于这个日子
话题也很轻松
它在一群小树的耳边挂不住
它在一群小鸟的嘴上拴不住
认为那都是很多年以前的故事
早该退休了
然而　那个日子里的灵魂们
并不抱怨这些说法
因为　当初他们所期望的
正是这样——
只要天上的生灵们自由飞翔
只要地下的绿叶们葱茏茂密
作为一滴血　自己
甘愿成为一种点缀

（选自《人民政协报》,2000 年 4 月 27 日）

于都河

彭学明

谁也不会想到这条河隐藏着一个天大的秘密

天不知道

地不知道

神不知道

只有这条河知道

风不知道

雨不知道

敌人不知道

只有于都的父老乡亲知道

一条河要守住一个天大的秘密容易

河流再会说话

敌人也听不懂　所以

一个于都的乡亲要守住一个天大的秘密太难

天大的秘密

只需一张　告密的嘴

八个渡口需要于都父老把守

八十多个浮桥需要于都父老搭建

八百多条船只　需要于都父老打造

八万多个红军需要于都父老护送

每一块木板都可能成为告密的云

每一朵浪花都可能变成泄密的风

每一片树叶都可能成为叛变的虫

可是没有

就连流浪的鸟雀

都蹲在远远的山头

成了望风的岗哨　报警的钟

天大的秘密

就这样被于都父老守住了

还乡团再残酷的血腥镇压、反攻倒算

也算不出红军战略大转移时

会有于都人民这样巨大的保护神

一条河

就此决定了一个民族的流向

一群人

就此决定了一个国家的航程

万里长征第一步的脚印

就此成了中国革命不变的方阵

万里长征第一步的身影

就此成了中华民族永恒的队形

从胜利到胜利

从于都到北京

（选自《诗刊》,2017 年 3 月号上半月刊）

走访英雄

曹宇翔

清明时节　无纷纷之雨
我也不是找酒喝的古代诗人
家居的日子　阳光灿烂
我和一种近似幸福的心情
走访客居城郊的英雄

一棵棵春天的树　饱含生机
像从地下飘出的缕缕炊烟
我所崇敬的英雄
在地下生活

诗仙诗圣登临的城墙
早已夷为平地
殷红护城河水　缓缓流进传说
英雄显示本色的地方
摇曳花枝和爱情

英雄来自异乡　南方或北方
队伍继续前进
他们走不动了
从此和一面鲜红飘扬的旗帜
在我的家乡　住了下来

蓝天覆盖绿色大地

其间鸽哨悠扬　白云飘动

英雄们居住的村落

由楼群　麦子和民歌

亲近地环绕

许多少年先我而到

世上纯洁的童心

和英雄具有最相近的本质

他们握拳半举的小手

让人想起英雄过去的某个动作

是谁在和我说话呢

你好啊　孩子

松柏枝头结满鸟儿的啼鸣

英雄居住的村落　一片寂静

（选自《解放军文艺》，1990 年 5 月号）

第一步

杨志学

都知道红军长征两万五，但不一定
都知道红军在于都河畔迈出了第一步

如今说起来似乎有些轻松和眉飞色舞
而当时的抉择，却是多么不易甚至有些痛楚

不知道前面还有多少道沟沟坎坎
清楚的是，必须要摆脱眼前的险滩急流

这是一次又一次血的教训换来的一步啊
这是主动放弃地盘，开始漫漫曲折征程的第一步

今天的于都河，多么清新妩媚，已经
很难想象当年的波涛和波涛上空翻卷的云雾

东门渡口，南门渡口，西门渡口，渔翁渡口……
九个渡口也是很难复原了，但它们可以默默讲述

更有高大的红军出发纪念碑矗立河畔、直指苍穹
像是庄严宣谕：长征第一步，是决定中国命运的一
步！

（选自《解放军报》,2017 年 8 月 14 日）

啊，中国魂
——歌狼牙山五壮士

高金光

狼群龇出尖利的牙齿
与一座名唤狼牙的山头
一齐逼向五名中国士兵

五名八路军战士
弹尽粮绝
他们用以对付狞笑的
只有石头
只有血肉了
而当石头砸不退刺刀的丛林时
就将血肉换取不屈和壮烈

在通向死神的悬崖边
他们喷出仇恨的烈火
勇敢地选择了慷慨
包括心爱的钢枪也摔得粉碎
不让豺狼有丝毫的得意
灿烂的血染红了天空
染红了大地和江河

风静静地站在松柏树梢
整个世界无言
无法想象狼群的失落与惊惧

一个宁折不弯的民族

令罪恶的灵魂颤抖了

中国的土地上

容不得贪婪的丑类

啊，壮士

中国魂

人类仰视千年的伟大

生生不息

（选自《人民日报》，1995 年 8 月 1 日）

记闻一多在西南联大刻石

王　键

七张嘴从石头里向你
说话
五个孩子的饥啼之声让你
心碎

你发誓要从石头里要口粮
锐利的刀锋，在
坚硬之处开沟播种
你用月光灌溉庄稼
月光养育的粮食
含辛茹苦

从此，你迷上了字
你在龟甲上挖掘字
你用刀的风暴打磨字
你寻找字与字之间的
格律之美

白天你在黑板上写字
写《诗经》《楚辞》
晚上你在石头上刻字
写别人的名字

你也在纸上写字
你的字里有火、有愤怒和
叹息

秋风苍劲，山河易色
唯翠湖安静不变

你刻啊，刻
你夜以继日地刻
直到刻出了血

刻到子弹在石头里
开了花

（选自《诗刊》，2019 年 5 月号下半月刊）

听《东方红》

赵克红

最初这支歌
是从陕北汉子的口里
传出来的
那悦耳动听的声音
唱出了人民的心声

这支迷人的歌谣
在四万万饥饿至极
却仍高昂着头颅的
劳苦大众心中扎根
它从延安一直流行到北京
是最自然最朴实最民族的发音

如今，所有的贫困都已隐去
漫步街头
到处铺满鲜花铺满笑声
往往使人忘记疼痛
忘记悲惨的过去
但这支歌却激起我许多遐想
勾起我许多回忆
每次唱起它总是满含热泪
那洋溢着豪情的韵律
我熟记于心

每一个音节都感人至深

对这支歌我满怀感激
不论在哪里听到都倍感亲切
这支歌里有数不清的故事
它使一个时代复活
它燃烧着激情
使人一下便想起
那段苦难的经历
想起陕北一盏盏
次第开放的灯光
想起那个光芒四射的老人
怎样借着微弱的灯光指点江山
怎样用智慧
照亮了一个红彤彤的中国

这被泪浸过被汗泡过
被血染过的音符
将永远回荡在
中国历史的天宇

（选自《诗刊》,2009 年 10 月号上半月刊）

党的貌变文新龙

秋

杜运燮

连鸽哨也发出成熟的音调，
过去了，那阵雨喧闹的夏季。
不再想那严峻的闷热的考验，
危险游泳中的细节回忆。

经历过春天萌芽的破土，
幼叶成长中的扭曲和受伤，
这些枝条在烈日下也狂热过，
差点在雨夜中迷失方向。

现在，平易的天空没有浮云，
山川明净，视野格外宽远；
智慧、感情都成熟的季节呵，
河水也像是来自更深处的源泉。

紊乱的气流经过发酵，
在山谷里酿成透明的好酒；
吹来的是第几阵秋意？　醉人的香味
已把秋花秋叶深深染透。

街树也用红颜色暗示点什么，
自行车的车轮闪射着朝气；
塔吊的长臂在高空指向远方，

秋阳在上面扫描丰收的信息。

1979 年秋于北京

（选自《诗刊》,1980 年 1 月号）

报春鸟衔来了火焰花

梁　南

我礼赞坚持划时代改革的人们，
他们是欢乐的报春鸟，衔着火焰花。

满园子消息树，开得像雄鸡报晓，
流火的花瓣，扑来沉重沉重的香！
啊！　苦味的国土，已开始分泌希望。
健美的株株体态，浓郁的热恋之花，
映红祖国母亲沉思时依傍的明窗。

我注视到她的红花瓣，
像炫亮在墨夜的无数篝火，
烤化了子夜吊在火舌上的寒霜；
而压着根株的无边的残雪，也颓然地
淌着泪水，流进饥渴的土壤。

她决不会满足于只擎着闪光的花瓣的。
当无数甜味的花相继开放，
你会在破寒的欢响后，
在花瓣浸香的空域里，发现
挤得火热的珠宝果实顶出树冠之上。

母亲祖国站在窗口，又伸出温柔的手：
她手上的报春鸟衔来了火焰花，

她们衔花飞进窗口的时候，

在大地上，在每一颗心上，

抖落了一串欢乐的歌唱……

（选自《诗刊》,1982 年 1 月号）

发给春天的密码

饶阶巴桑（藏族）

大雪，封锁了每一条山道，
覆盖着遍山松塔，
北风肆虐，一片肃杀。

只有阵阵鸟声堵不住，
攀着冰封的枝丫，
敲着雪垒的哨卡。

布谷热情啼叫，
催促树冠下的马缨花，
把一冬积雪融化。

杜鹃低声鸣啭，
邀约虬株上的映山红，
举起燃烧的火把。

随着布谷的声音，
冬眠的生命醒来了，
山野又响起悄悄的情话……

跟着杜鹃的声音，
久困的马帮开来了，
引路红旗流一片彩霞……

人们怎会知道，那鸟声
是两个巡逻兵的会话，
是发给春天的密码。

径直朝战士脚印走去，
相信此行去天涯，
一定能如期到达。

（选自《诗刊》,1982 年 7 月号）

我的心，没有冬眠

蒙根高勒（蒙古族）

在冰天雪地的草原
我以炉火的性格
面对漫长的严寒
一首燃烧的牧歌
伴随着我
我的歌飘向辽远的春天

我的心，没有冬眠

在野草枯萎的冬天
我以骆驼的信念
正视无边的荒原
叮当的驼铃
呼唤着我
我呼唤绿色的喷泉

我的心，没有冬眠

在风雪咆哮的深夜
我以牧人的心
把茫茫的雪野眷恋
无数芬芳的梦
簇拥着我

我的梦萌生着对太阳的思念

我的心，没有冬眠

1981.12

（选自《诗刊》，1982 年 7 月号）

假如生活重新开头

邵燕祥

假如生活重新开头，
我的旅伴，我的朋友——
还是迎着朝阳出发，
把长长的身影留在背后。
愉快地回头一挥手！

假如生活重新开头，
我的旅伴，我的朋友——
依然是一条风雨的长途，
依然不知疲倦地奔走。
让我们紧紧地拉住手！

假如生活重新开头，
我的旅伴，我的朋友——
我们仍旧要一齐举杯，
不管是甜酒还是苦酒。
忠实和信任最醇厚！

假如生活重新开头，
我的旅伴，我的朋友——
还要唱那永远唱不完的歌，
在喉管没有被割断的时候。
该欢呼的欢呼，该诅咒的诅咒！

假如生活重新开头，
我的旅伴，我的朋友——
他们不肯拯救自己的灵魂，
就留给上帝去拯救……
阳光下毕竟是白昼！

时间呀，时间不会倒流，
生活却能够重新开头。
莫说失去的很多很多，
我的旅伴，我的朋友——
明天比昨天更长久！

（选自《人民日报》,1980 年 1 月 1 日）

迎接历史的艳阳天

满　锐(满族)

这不是神话，不是传说，更不是梦幻，
她已经降临啦降临啦——美好的历史艳阳天！
她把那只有母亲怀抱里才有的温暖，
带到这广阔的生活原野，直至亿万个心田。
春天哪，我们一直坚信你必定会到来，
纵使在寒冬梦里，怀中也紧抱着如铁的信念！
啊，你这如期而至的新世纪的使者呀，
告诉我，可听到中国大地的热切的呼唤？

是的，我们的千万座山峰曾把你呼唤，
为让春风掀掉自己身上沉重的负担。
那负担便是几千年沉积的厚厚的尘土，
它阻塞着岩石间涌出的活泼的流泉……
萌芽的小草，急待舒展鲜嫩的绿叶；
破土的树苗，渴望成为挺拔的松杉……
现在，一旦春风暖透了所有的根须，
群山将变得何等的苍翠，气象万千！

是的，我们的千万条江河曾把你呼唤，
为让春水把横逆的浊流送往深渊！
怎容回避呀——河床分明已经太窄太浅；
无可否认呵——水的流速实在太慢太慢……
假如流水总是在漩涡里不停地打转，

来日，江河岂不要变成为死水一潭？
快让春天的激流把河道加宽再加宽吧——
不然巨大的舟船怎么能高高地扬帆？

是的，我们的千万顷田野曾把你呼唤，
为让春雨哺育出一千座一万座巨大的粮山。
这土地绝不比加利福尼亚逊色，
可它最急需的是科学，而不单纯是热汗。
为给这类常识恢复名誉，付出了多少代价，
难道还能继续吞食麻醉自己的可怕的鸦片？
不！　对那种豪言壮语的竞赛，人们早已嘘声一片，
生活真正的主角，永远是科学和实践！

是的，我们的千万岭森林曾把你呼唤，
为让春阳射进寥廓而幽寂的林间。
林中本没有山神，何必摆设香炉和供案？
教堂气氛的生活，有谁还真心留恋！
是树叶，就有权尽情地吸收阳光和空气；
是飞鸟，就理应欢快地翱翔鸣啭……
污染环境，到头来势必会污染自己，
保持空气清新，林木花卉才能争芳斗妍。

是的，我们的千万里海洋曾把你呼唤，
为让春云来认识那些无畏的海燕。
海洋与海洋之间，本没有森严的界线，
只承认自己的珍珠，岂不是愚蠢荒诞？
海空的流云——院墙再高拦不住……
海上的长风——篱笆再密遮不断……
只消勇敢把那怪异的门闩用力拉开，

眼前呵，便是通向现代世界的万道航线……

还有呵，还有我们的千万个生灵曾向你呼唤，
为让春温把料峭的寒气一股脑驱散！
瞳仁里，不应再出现那种莫名的惊恐，
走路时，不必再回头忐忑地顾盼……
不能容许有人用官印设置血红的陷阱，
不能容许有人拿铁铐再扣住无辜的手腕……
人民需要的是盾，对付敌人才用剑，
二者永不颠倒，国土上便根除了人为的灾难……

啊，这不是神话，不是传说，更不是梦幻，
快拥抱这历史的春天吧，它是这样光辉而灿烂！
生活的道路呵，从没有像今天这般宽广；
生命的意义呵，从没有像今天这样庄严……
古老的中国，正加速创造着最新的文明；
黄帝的子孙，必定要爆发出智慧的火山！
哦，秦砖汉瓦，尽可以在史册上保留异彩，
今天，看我们如何建造人间天国，回答光荣的前辈和
祖先！

1978 年 12 月,哈尔滨

（选自《1949—1979 诗选》,人民文学出版社 1981 年版）

小平,您好

简　宁

今天我看到我的形象
也站在天安门城楼上
同您一起
检阅着祖国年轻壮丽的姿容
假如我能代表人民
　(我是说假如，实际上
我只是个普通的中国学生
也是一个憨厚得像一头牛的
老农民的孙子)
假如我能代表人民
我要喊你亲爱的孩子
　(原谅我我已经不再习惯
把所有站在高处的人
都称为父亲)
也的的确确
没有一点逼人的威风
你站在那儿
像个亲爱的孩子
彩色的人群在大街上壮阔地流过
你激动吗
你微笑着看着彩色的人群
亲切得几乎有几分天真
天真的孩子

就那样有力地伸出手臂

改革

像轻轻摘来一朵雏菊

缀插在祖国有些苍老的浓密头发上

顿时青春的血液

又在她的身体里涌流

今天她年轻地娇娆地走过你的面前

你像个孩子看着母亲那样

露出骄傲甚至娇憨的笑容

真想这么对你说

但是我一个人

不能代表人民

而且您是个老人

我年轻得几乎可以做您的孙子

走在人群里我只能恭恭敬敬地

举起我的敬意

小平您好

您好——小平——

小平

中国的老百姓都这么喊你

就像呼唤着自己孩子亲切的乳名

1984.10 于蚌埠

（选自《诗刊》,1985 年第 5 期）

一路平安

雷　霆

海洋上有无数的航线，
每次航行都会遇到姐妹船，
我们用海的语言交谈，
彼此给予了祖国的温暖。
望断远去的船影，
祝愿她一路平安。

世界上有无数的港湾，
每个港口都会遇到中国海员，
我们都有多少话要说啊，
彼此倾吐着对祖国的思念。
挥手又暂作别离，
祝愿他一路平安。

有多少美丽的巉岩平静的海滩，
处处风光更引人对祖国思恋，
让祖国也破浪前进吧，
像一只启航的大船！
我愿把一切风浪留给自己，
祝愿祖国一路平安。

（选自《人民日报》，1979 年 12 月 5 日）

序幕已经拉开

杨　牧

1.

你说，序幕已经拉开

我说，舞台早被聚光灯覆盖

你说，你将扮演一个最新的角色

我说，我生性不喜爱油彩

但我们都同在舞台上

不管是愿意还是不愿

我们都承受挑剔和评说

无论是应该还是不该

世界原本是无遮无掩

自那场紧张的宫缩之后

我们就被毫不客气地推将出来

2.

你说，序幕已经拉开

我说，生活里没有观众

你说，盼了多久多久呵

我说，我从来不知道等待

大汗淋漓是汗腺的呼吸
血沸潮涨是脏器在阖开
土地要受孕，湖海要生育
受禁的宫苑也要怀胎

半坡村人已经落幕
走出青铜、陶罐之后
换鞋的地方，叫作：当代

3.
你说，序幕已经拉开
我说，本来就无所谓舞台

你说，莺声已主宰剧场
我说，我仍在为驼铃当差

你向深圳作流线型滑翔
我向天山朔风而迈
B 大调和无声的驼铃
也许都录进同一条磁带

如果这开拓永不落幕
我们就注定下不了台

1985.2.3

（选自《诗刊》，1985 年第 5 期）

向海洋，胸襟开放

张永枚

向海洋，
胸襟开放！

来啊！　八面清风，
来啊！　雪涛银浪，
欢迎吹拂我的每个毛孔，
欢迎顺着手臂流进胸膛。

我干渴、单调得太久，
急需更多的色彩和亮光，急需浪潮的交响和力量，
白鸥的纯美，
海燕的勇敢，
云雷的伟壮，
每一滴水，
每一棵草……
我都需要，我都需要，
需要海洋般无际的营养。

我渴望丰硕，
我渴望强壮。

向海洋，
胸襟开放！

井里扬不起帆，
墙头跑不开车，
门窗紧闭见不着风光；
桃花源只存于神话，
遗忘了世界等于井底里躺，
肌肉不是收缩就是萎缩，
再不展臂舒胸就会憋闷发僵！

花儿生来要开放，
骏马驰驱须放缰，
门窗存在为的是：
接纳光线与风凉。
我要咬破自织的茧，
飞，繁衍新生命，
我要拱穿我的果壳，
长，才有干粗叶茂果子香。

向海洋，
胸襟开放！

来啊！ 信息的闪电，
来啊！ 财富的云雨，
欢迎直射我的心目中，
欢迎在周遭纷纷扬扬。

我曾闭塞而裹足……
急需许多新鲜的空气，
急需登高览海开眼量，

太阳的坚定，
月亮的幻想……
需要每颗宇星的热和光，
多愿有健飞的翅膀，
寻真，寻善，寻美，
寻找那海洋般无际的滋养。

我渴望丰硕，
我渴望强壮。

有时绳索已剪断、落下，
仍习惯于束缚时的呆模样，
翅膀已附上两臂，
却不敢展开飞翔，
岂不可怜而荒唐！
快警醒一跃而起，
向海洋，
胸襟开放！

听，嘹亮的钟声，
敲得我心花儿怒放，
雪涛银浪是白鬃马，
风里扬鬃到身旁，
跨上去，尽览奇观，
逍遥游，借镜万方；
海洋太丰富神奇了，
不头昏目眩，
海洋太浩瀚庞杂了，
不畏葸惊慌，

怒放的报国心，

敢于吐纳海洋；

左采金牡丹，

右摘玉芙蓉，

献给胸襟开放的祖国，

献给丰硕强壮的家乡。

（选自《羊城晚报》,1984 年 10 月 1 日）

划呀，划呀，父亲们！
——献给新时期的船夫

昌　耀

自从听懂波涛的律动以来，
我们的触角，就是如此确凿地
感受着大海的挑逗：

——划呀，划呀，
父亲们！

我们发祥于大海。
我们的胚胎史，
也只是我们的胚胎史——
展示了从鱼虫到真人的演化序列。
脱尽了鳍翅。
可是，我们仍在韧性地划呀。

可是，我们仍在拼力地划呀，
我们是一群男子。　是一群女子。
是为一群女子依恋的一群男子。
我们摇起棹橹，就这么划，就这么划。
在天幕的金色的晨昏，
众多仰合的背影
有庆功宴上骄军的醉态。
我不至于酩酊。

最动情的呐喊

莫不是我们沿椭圆的海平面

一声向前冲刺的

嗥叫？

我们都是哭着降临到这个多彩的寰宇。

后天的笑，才是一瞥投报给母亲的慰安。

——我们是哭着笑着

从大海划向内河，划向洲陆……

从洲陆划向大海，划向穹隆……

拜谒了长城的雉堞。

见识了泉州湾里沉溺的十二桅古帆船。

狎弄过春秋末代的编钟。

我们将钦定的史册连根儿翻个。

从所有的器物我听见逝去的流水。

我听见流水之上抗逆的脚步。

——划呀，父亲们，

划呀！

还来得及赶路。

太阳还不见老，正当中年。

我们会有自己的里程碑。

我们应有自己的里程碑。

可那旋涡，

那狰狞的弧圈，

向来不放松对我们的跟踪，

只轻轻一扫

就永远地卷去了我们父兄，

把幸存者的脊椎
扭曲。

大海，我应诅咒你的暴虐。
但去掉了暴虐的大海不是
大海。　失去了大海的船夫
也不是
船夫。

于是，我们仍然开心地燃起熠火。
我们仍然要怀着情欲剪裁婴儿衣。
我们昂奋地划呀……哈哈……划呀
……哈哈……划呀……

是从冰川期划过了洪水期。
是从赤道风划过了火山灰。
划过了泥石流。　划过了
原始公社的残骸，和
生物遗体的沉积层……
我们原是从荒蛮的纪元划来，
我们造就了一个大禹，
他已是水边的神。
而那个烈女
变作了填海的精卫鸟。
预言家已经不少。
总会有橄榄枝的土地。
总会冲出必然的王国。
但我们生命个体都尚是阳寿短促，
难得两次见到哈雷彗星。

当又一个旷古后的未来
我们不再认识自己变形了的子孙。

可是，我们仍在韧性地划呀。
可是，我们仍在拼力地划呀。
在这日趋缩小的星球，
不会有另一条坦途，
不会有另一种选择。
除了五条巨大的舳舻，
我只看到渴求那一海岸的船夫。

只有啼呼海岸的呐喊
沿着椭圆的海平面
组合成一支
不懈的
嗥叫。

大海，你决不会感动。
而我们的桨叶也决不会暗哑。
我们的婆母还是要腌制过冬的咸菜。
我们的姑娘还是要烫一个流行的发式。
我们的胎儿还是要从血光里
临盆。

……今夕何夕？
会有那么多临盆的孩子？
我最不忍闻孩子的啼哭了。
但我们的桨叶绝对地忠实。
就这么划着。　就这么划着。

就这么回答大海的挑逗：

——划呀，父亲们！

父亲们！

父亲们！

我们不至于酩酊。

我们负荷着孩子的哭声赶路。

在大海尽头

会有我们的

笑。

1981.10.6—29

（选自《诗刊》,1982 年 10 月号）

春天呵，请在中国落户

赵丽宏

你来了，来得那么悄然，那么迅速，
然而，晶莹的冰凌正化作叮咚流水，
我还是从中听见了你清新的脚步；
你来了，来得那么平淡，那么朴素，
然而，爆青的柳丝正迎着暖风飘拂，
我还是从中看见了你多姿的欢舞。
你带着被冬天掠去的一切回来了，
广袤的大地上，到处是蓬勃的复苏……

春天哟，请留步，请留步，
春天呵，请在我们中国落户！

是的，在坚冰封冻的岁月里，
我们就用不屈的心灵把你呼唤，
透过漫天风雪，你的莞尔一笑，
曾使多少人忘却了受冻的痛苦。
如今，你真的来了，尽管来得仓促，
我们怎么能轻易淡漠地把你放过！
于是，我才用一个年青人纯真的声音，
这样率直而稚憨地向你大声疾呼——

春天哟，请留步，请留步，
春天呵，请在我们中国落户！

我们挽留你，决不是把花红柳绿迷恋，
我们挽留你，也不是把酥雨暖风贪图。
有了你呵，才能耕耘，才能开拓，
有了你呵，才有播种，才有收获！
我们要叫所有的积雪都化为春水，
去滋润祖国的幼苗、蓓蕾、树木；
我们要叫所有的处女地都变成良田，
去繁衍香甜的桃李、瓜果、五谷。

春天哟，请留步，请留步，
春天呵，请在我们中国落户！

有人说，你不过是一个薄情的姑娘，
永远是那样稍纵即逝，匆匆而过。
不，我并不同意这种牵强的比附，
倘能挚烈地爱你，你不会把人们辜负。
目光短浅的，叹息着花儿的凋落，
热爱明天的，却看见新芽在破土……
哦，只要开拓不止，只要播种不停，
你带来的希望和生机就不会消除！

春天哟，请留步，请留步，
春天呵，请在我们中国落户！

当然，我们这里还不是极乐之土，
可是，我们的人民有着蜡梅的风骨，
我们从冰雪严寒中把你迎来，
当然要用辛勤的汗水将你守护！

岁月流逝，并不总使容貌憔悴，
你为我们送来了旺盛的生命元素！
呵，在你生气虎虎的前进脚步中，
一定会崛起一个青春焕发的中国！

春天哟，请留步，请留步，
春天呵，请在我们中国落户……

1980 年 1 月

（选自赵丽宏诗集《珊瑚》,重庆出版社 1982 年 8 月版）

春天，冰河解冻了

徐　刚

春天，冰河解冻了，
湿了石头，绿了小草。
鱼鳞在水里闪光，
蝴蝶到河边落脚。
雨点儿从天上来到人间，
与小河的浪花拥抱……
严冬扼杀不了的所有生命，
全在春天里活跃了！
就连云遮雾笼中的大山，
也像一块绿色的头巾在飘，
一切含苞待发的鲜花哟，
撒出了满山满坞的欢笑……

让心房像绿叶一般舒展，
让情感像瀑布一样自豪。
让各种花开出各种颜色，
让各种鸟唱出各种声调……

春天，冰河解冻了！
冰块有山的重量，能压迫心灵和波涛，
可是，它也害怕春的热情，光的照耀。
假若我们的心灵永葆春天的活力，
假若我们的孩子都像顽强的幼苗，

那么，经历寒冬也是人类的骄傲，
而春风呢，正在招手、微笑……

春天，冰河解冻了，解冻了！

（选自徐刚诗集《抒情诗一百首》，北京十月文艺出版社 1983 年 12 月
版）

啊,中国

林　子

在一千种、一万种声音里,
我听见你紧迫的呼号;
从农村到城市,
我的血为你熊熊燃烧!

在一千条、一万条江河里,
我看见你奔腾的浪潮;
从北京到边疆,
我的心溶入你滚滚的波涛!

昨天的历史上,
记载着你的悲哀;
今日的大地上,
回响着对你的喝彩。

一扇扇沉沉的铁门,
碰破过多少志士的头颅;
一潭潭深深的死水,
曾冷却多少英雄的肺腑。

忍耐,并非值得称道的美德;
温饱,决不是人类最高的愿望。
听哪!　铁门已经轧轧启动,

看哪！　死水已经翻波涌浪。

开采五千年文明的矿藏，
铸造你坚实的翅膀；
分解二百年失败的真实，
凝聚你胜利的力量。

啊，中国终于起飞——
在鲜血和眼泪浇成的
在骄傲和耻辱筑成的
古老而年轻的跑道上！

（选自《人民日报》，1985 年 1 月 28 日）

高原的太阳

叶延滨

又升起来了
又升起来了
你呀，你呀，高原的太阳

高原的太阳好精神
高原的太阳好漂亮
高原的太阳就该这个模样

你多爱你的母亲哟
用你温暖的明亮的阳光
抚过高原的胸膛

你总是这样，多情的小太阳
在高原的每一个露珠中笑
在高原的每条小溪里唱

还在每一张雪亮的锄板上
留下你的模样
让锄板把你种进垄行

再推推门，又敲敲窗
每孔窑洞耀得明晃晃
像个淘小子跑遍了山庄

你是从哪儿来的呢？
是从那个古老的神话扶桑
还是从那个揽羊后生肩上

真格的，那女子的眼睛真亮
当她看到你的时候
黑眸子里闪出个太阳

你站在电视天线上张望
莫不是也想到集市上逛逛
赶集人的影子被你拖得长长

多情的太阳，淘气的太阳
充满活力的太阳哟
你呀，你呀，高原的太阳

发热吧，发光吧，上升吧
照亮这个难逢的好时光
让全世界都知道，什么叫希望……

（选自《诗刊》，1984 年 7 月号）

月　亮

郭宝臣

就这样走进了天空的辽阔。

它曾经在小河里走过，
但它没有乘小船儿，
小船儿走得太慢了。
它曾经在山沟里走过，
但它没有骑马儿，
那马儿也走得太慢了。
它曾经在平原上走过，
但它没有乘车子，
那车子也是走得太慢了。

那小河的波浪拍打过它，
想把它打扁，
但它还是圆圆地走过来了。
那山沟里的颠簸，
使它心寒，
但它还是圆圆地走过来了。
那平原的空旷，
使它寂寞，
但它没有萎缩，还是圆圆地走过来了。

因为它怀抱着圆圆的一个希望，

因为它怀抱着圆圆的一片真诚，
因为它怀抱着圆圆的一腔热情，
它要去拥抱它的所爱。

就这样走进了天空的辽阔，
高高地悬在世界之上，
让人们都看见
它还是那样圆、那样纯真、那样明亮……

（选自《人民日报》，1984 年 10 月 12 日）

当你从我的窗下走过

舒　婷

当你从我的窗下走过，
祝福我吧，
因为灯还亮着。

灯亮着——
在晦重的夜色里，
它像一点漂流的渔火。
你可以设想我的小屋，
像被狂风推送的一叶小舟。
但我并没有沉沦，
因为灯还亮着。

灯亮着——
当窗帘上映出了影子，
说明我已是龙钟的老头，
没有奔放的手势，
背比从前还要驼。
但衰老的不是我的心，
因为灯还亮着。

灯亮着——
它用这样火热的恋情，
回答四面八方的问候；

灯亮着——

它以这样轩昂的傲气，

睥睨明里暗里的压迫。

呵，灯何时有了鲜明的性格？

自从你开始理解我的时候。

因为灯还亮着，

祝福我吧，

当你从我的窗下走过……

1976.4

（选自舒婷诗集《双桅船》,上海文艺出版社 1982 年第 1 版）

希望之歌

雷抒雁

不要以为我是荒诞的，
变幻不定的孩子们的梦；
不要以为我是虚妄的，
月亮里桂树一样缥缈的影。

我是实实在在的，像镰刀
握在年轻力壮的农民手中；
我是实实在在的，像重锤击打
在钟上，能发出嗡嗡的鸣声。

我扎根在地上，细雨滋润的沃土
像酵母吹开的软面一样蓬松……
我将用积蓄已久的奶汁和血液
滋育你们所需要的一切生命！

不要在遥远的云头去寻找了，
我不在那虚幻的瑶池仙境。
多少代了，难道受欺骗的痛苦，
还不曾使愚昧者从迷茫中惊醒？！

我在大树的脉管里，像热血
正涌流着奔向嫩枝的冠顶；

我是杨树枝头拱出的毛茸茸的叶苞，
像婴儿的头颅正在伸出母亲的子宫！

带着对荒凉和冰冷的诀别，
带着对繁荣和温暖的憧憬！
我流进每颗种子的胚胎，
细嫩的叶芽立即开始蠕动；
我闯进每颗母鸟翼下的蛋壳，
小鸟便用黄嘴呼叫奇异的光明；

我催促着每朵花蕊的柱头，
去紧紧拥抱花粉的爱情；
我帮助每对躲过寒冷的燕子，
屋檐下组织起一个新的家庭；
我召唤每一根不屈的草尖，
在土壤中萌发顽强的生命；
我鼓舞每一只勇敢的雄鹰，
高高地箭一般射向碧空！

啊，我是春天的有力步履，
踏碎了禁锢激流的每一块坚冰；
我是神奇的巧妙的手指，
要推开每个花朵昏昏欲睡的眼睛；

我是闪电的目光，
要照彻一切阴暗的心灵；
我是烈火的金焰，
要燃出满天五色的霞云！

我是风，我是雷，对着昏睡的耳朵
大声呼喊着：醒醒！ 醒醒！

看我来清扫丑恶，僵死的一切，
看我来医治创伤，痛苦，贫穷……
从苦难里走过来的人们啊，
不要再痛哭了，别让灰云蒙住眼睛！

我不曾欺骗，不曾逃走，
和你们一同搏斗在黑夜、寒冬！
我不曾陶醉，不曾停顿，
但也不会轻易地投入你们怀中。

我热爱自由！ 自由，是我为你们
点燃的通向胜利的路灯！
我热爱真理！ 唯有真理，才能
使人们获得最终的成功！

我交给人们剑——创造，
举着它，就能闯过泥沼冰峰；
再唱句歌儿给这世界：
陈腐的，快入土；新生的，健康地生！

啊，人们如此地苦恋着我，
我的爱同世人一样深情！

不要灰心，不要迷惘，
我将在明天把你们欢迎！

站在黄昏，站在黎明，

我把花束高高举过头顶！

1979 年 11 月

（选自《诗刊》,1980 年 4 月号）

农村，开始起飞

潘万提

当第一缕春风，
吹拂中原大地，
当第一枝柳条，
悄悄在河岸上吐绿……

北京：新华社
向世界播发一条春的消息：
刘庄的农民，
购买了第一架农用飞机！

哦，这是春天的第一枝红杏，
报告了广阔农村的盎然春意。
是党，给农民插上金色的翅膀，
农村，开始起飞！

这是第一只春燕，
迎着春风，喃喃细语，
迎着春雨，从羽翼上抖落了——
贫穷、落后和徘徊的过去……

中国农村，走出艰难的探索，
终于开垦出曙光初照的土地；
从老牛拉着古旧的步犁，

开始了向现代化目标的奋飞！

（选自潘万提诗集《多情的土地》，黄河文艺出版社 1986 年 10 月版）

相信未来

食 指

当蜘蛛网无情地查封了我的炉台
当灰烬的余烟叹息着贫困的悲哀
我依然固执地铺平失望的灰烬
用美丽的雪花写下：相信未来

当我的紫葡萄化为深秋的露水
当我的鲜花依偎在别人的情怀
我依然固执地用凝霜的枯藤
在凄凉的大地上写下：相信未来

我要用手指那涌向天边的排浪
我要用手掌那托起太阳的大海
摇曳着曙光那枝温暖漂亮的笔杆
用孩子的笔体写下：相信未来

我之所以坚定地相信未来
是我相信未来人们的眼睛
她有拨开历史风尘的睫毛
她有看透岁月篇章的瞳孔

不管人们对于我们腐烂的皮肉
那些迷途的惆怅、失败的苦痛
是寄予感动的热泪、深切的同情

还是给以轻蔑的微笑、辛辣的嘲讽

我坚信人们对于我们的脊骨
那无数次的探索、迷途、失败和成功
一定会给以客观、公正的评定
是的，我焦急地等待着他们的评定

朋友，坚定地相信未来吧
相信不屈不挠的努力
相信战胜死亡的年轻
相信未来，热爱生命

1968 年

（选自诗集《诗探索金库·食指卷》，作家出版社 1998 年版）

喜期来临

刘高贵

这是土地的喜期
那些青蛙在歌唱
漫天里抒情着小麦的花粉

那些金黄的菜花
如待字闺中的好女儿
那些白马王子般的豆花
抖动着时间的缰绳
满面的娇羞
也盖不住喜滋滋的眉眼
他们手捧芬芳
聆听风的口信

这几天　我们走进阳光
才是对他们最好的祝福
或是肩扛锄头
或是手握镰柄

说起来　这样的日子
在乡下几乎每个季节都有
所以我要说
耕者有福啊

（选自《中国作家》,1992 年第 6 期）

数风流人物
還看今朝

我们创造未来

李　瑛

都已醒来，都已醒来

每座山的每块石头

每条河的每滴水珠

每棵树的每片叶子

都在和我们一起创造未来

钟在敲响，鼓在敲响

一台 21 世纪的强大引擎

在中国古大陆轰轰响起

是我们心跳的声音

是我们阔步的声音

每个人都从自己的位置

出发，创造未来

不是用祈祷召唤明天

卷起衣袖，开襟解怀

用汗，用泪，甚至血

一个民族几百年

被屈辱啃剩下的骨头

如今，浑身肌肉

比黝黑的铁锤更结实

而聪明的思想

比神经更敏锐

听云计算机讲述时间和速度

听高铁车轮解释空间和距离

我们就是从这样的时空间

一边和历史谈心，告慰先人

一边建设明天，激励来者

披荆斩棘，创造未来

在中国这片热气腾腾的大地上

每副大脑和双手都很忙碌

这儿没有一条闲散的路

不让一秒钟从指缝白白流淌

张开翅膀的春天多么好

我们的每一天都是新的出发

明天，在我们的生活里

汗，将变成珍珠

泪，将变成星光

血，将变成花朵，遍地盛开

（选自李瑛诗集《诗使我变成孩子》，昆仑出版社 2017 年 8 月版）

让我们高唱这歌中的歌

曾　卓

这支歌

是人类历史上

最美丽的歌

最庄严的歌

最雄伟的歌

这支歌

是歌中的歌

这支歌

标志着一个新的时代

正像当初

人类发现了火

这支歌

是从血泊中诞生的

是要挣断枷锁的奴隶唱的歌

这支歌

是照亮心灵的阳光

是觉醒了的人唱的歌

机枪、大炮

镇压不住这支歌

正像狂风暴雨

熄灭不了燎原的大火

镣铐、监狱
囚禁不住这支歌
正像腐朽的堤坝
阻挡不了奔腾的大河

这支歌
使被压迫的人
被剥削的人
使一切在水深火热中
挣扎的人
认识到
自己的阶级
在世界天平上的分量
使他们集合了拢来
扣紧臂膀

这支歌
用火焰写下的
巴黎公社的原则
在历史阴暗的长空中闪亮
这支歌
点燃了
阿芙乐尔的大炮
发出地动山摇的巨响
这支歌
也震动了苦难深重的中国
使她低垂的头抬了起来
寻找到了出路
看到了漫漫长夜中的曙光

这支歌

用十月的风

吹动了南湖上

那只历史性的小船

这支歌

曾经和井冈山的

第一面红旗一道飘扬

这支歌

伴随着我们

征服了万水千山

这支歌

引导中国走向自己的十月

——红旗如海

欢呼如潮的

天安门广场

…………

是的，我们都经历过

那难忘的十年

—— 一场噩梦似的浩劫

我们受过伤，受过骗

我们流过血，流过泪

我们痛心地看到

亲爱的祖国被蹂躏得遍体鳞伤

在那些阴霾的日子里

这支歌

在有的人心中

渐渐微弱了

有的人

唱起了自己的歌

而将这支歌遗忘

然而，正是这支歌

使有的人

在黑牢中

看到了光明

使那些被打断了肋骨的胸膛中

保留着烈火

有的人在折磨中

含冤倒下了

这支歌

还在他的心中震响

正是这支歌呵

使我们的党

抖落了身上的尘埃

扫清了脚边的垃圾

使我们的祖国

从泥潭中拔出脚来

稳步地行进在

还有坎坷和乱石

然而，是铺满了阳光的

大道上

亲爱的同志们

在这个伟大的历史时期里

当抚育我们的祖国

正需要我们全部力量的时候

我们怎么能够

只是低着头抚摸

自己身上的伤痕呢？

我们怎么能够

只是一心营造

自己的小巢呢？

我们怎么能够

面对几块黑斑就摇头叹息

而看不到大地上的阳光呢？

让我们抬起头来

让我们更高声地

唱起这支歌吧——

这支烈士们唱着

走向刑场的歌

这支战士们唱着

冲锋陷阵的歌

这支引导我们

战胜各种困难、艰险

取得一个胜利又一个胜利的歌

让这支歌

在我们每个人的心中发光

因为，这支歌——

不只是一支歌

它是号角

是旗帜

是信念
是理想

配合着历史的脚步
配合着祖国的脚步
让我们把这支歌
唱得更响，更响
让全世界都倾听
我们这雄壮的大合唱——
英特纳雄耐尔就一定要实现！

1982 年 9 月 1 日

（选自曾卓诗集《老水手的歌》,黑龙江人民出版社 1983 年 10 月版）

鸟巢赞

屠　岸

庄子的鲲鹏

穿越时空飞来

莎士比亚的凤凰

跃出骨灰瓶飞来

雪莱的云雀

从天国附近飞来

爱伦·坡的大鸦

从雅典娜塑像头上飞来

济慈的夜莺

从失落的仙乡飞来……

鸟们还在不断地飞来

华兹华斯的布谷鸟

波德莱尔的猫头鹰

科尔律治的信天翁……

众鸟飞来北京，只因

"鸟巢"一瞬间巍然屹立

众鸟一只只栖息在上面

齐声惊呼：

宏大的家屋！

鲲鹏鸟开口

我带来福祉

凤凰庄严地声称

我代表新生

云雀高歌

我是美和真的化身

大鸦郑重地宣布

我象征爱情

夜莺歌唱：

我就是不朽……

后续的布谷鸟高呼

春天永驻

猫头鹰大声为自己辩护

人类已为我平反

撤去了我的"不祥"罪名

我标志着自由

信天翁自言自语：

我是吉祥的圣鸟……

众鸟齐鸣

合奏迎宾交响曲

诗人们

从屈原到荷马

从李白到泰戈尔

从普希金到艾青……

一齐驾祥云来到

伟大的"鸟巢"

诗人们把吉祥和福祉

把美和真和不朽

把青春和博爱……

统统请进同一个梦里

作为最珍贵的礼物

赠送给

来自五洲万邦的健儿

众鸟，众诗人

顷刻间结成

同一个世界里

一支最最火爆的

——啦啦队！

注：莎士比亚、华兹华斯、科尔律治、雪莱、济慈为英国诗人。爱伦·坡为美国诗人。波德莱尔为法国诗人。他们各有著名的咏鸟诗。本诗提及的鸟名即各诗人所咏之飞禽。

（选自《诗刊》,2008 年 9 月号上半月刊）

香港：牛年故事

西　彤（中国香港）

一九九七
不寻常的牛年
香港　叙说着
两头牛的故事

神州古国的华夏牛
踩着现代《春牛图》的鼓点
回到这块
一百五十年前
亲身拓荒垦殖的地方
含着热泪拥抱
这片终于回归的热土
和一百多年来历尽艰辛
为之厮守为之耕耘的
牛的传人
他们又将以"现代开荒牛"的活力
迎来崭新的世纪

而那只多年来
坐享其成养尊处优
如今心神恍惚日渐消瘦的
大不列颠约翰牛
却怀着大不一样的心情

无可奈何花落去的伤感

强打精神

作其"光荣的撤退"

一九九七

不寻常的牛年

一头牛来了

一头牛走了

两头牛的故事

便成为

香港的永恒话题

（选自《诗刊》,1997 年 7 月号）

信仰的权利

——致哈里森·索尔兹伯里

吉狄马加（彝族）

我当然知道，你曾经说过，

中国工农红军的二万五千里长征，

是前所未闻的故事。

你也曾重复过埃德加·斯诺的话，

长征永远是人类历史上——

最激动人心的一次远征！

其实用不着你再去证明，

因为长征毫无疑问是二十世纪，

改变了世界进程的，用血和生命谱写的壮举。

尽管这样，我对你那力求真实的书写，

始终抱有极大的钦佩和尊敬，

因为你是其中一位超越了偏见，

用另一种文字记录过长征的人。

但是，原谅我——

在这里我没有把长征说成是一个神话，

如果真的是那样——

那将是我们的浅薄和无知，

同样我们的内心也会感到不安。

是的，朋友，这不是神话和传说，

那是我们的父辈——

为了改变一个东方古老民族的命运，

所付出的最为英勇壮烈的牺牲。

他们中间的大多数人，

都没有看到那个动人心魄的未来，

直到今天我们也无法全部说出他们的名字。

八万六千名战士——

绝不是一个数字冰冷的统计，

潜入他们的血管，我们能听见，

每一条汹涌的河流穿越大地的声音，

他们的每一次心跳和呼吸，

都如同黎明时吹过群山和原野的风，

在最黑暗的年代，让号角吹出了火焰和曙光！

哈里森·索尔兹伯里——

正如你在书中记录的那样，

这次人类有文字记载以来的重大事件，

最终只有六千多人活了下来。

但是，但是，索尔兹伯里——

我相信你对这个事件做出的记录，

但你仍然没有回答一个最重要的问题，

那就是这一群不惜牺牲的男男女女，

是什么力量支撑他们走出了绝境，

又是何种精神，让他们相信明天还会来临。

可以肯定，他们优秀的品质不是天生的，

作为人他们都是普通的生命个体。

同样，需要我们回答的还有——

是谁，将这一群人铸造成了英雄，

成为了这片苦难的土地上自由的象征？

是的，面对这样一些问题——

我们必须回答，永远不能回避。

无论我们一次又一次地去追问，

逝去的岁月和沉默的时间，

无论我们是不是——

在今天这样一个喧嚣的世纪，

已经淡忘了民族记忆中最宝贵的东西，

我们都必须回答这个严肃的问题。

对于我们今天活着的每一个人，

回答这个问题，或许不是命令和要求，

但它却是对我们良心的拷问。

哈里森·索尔兹伯里——那我告诉你，

是磐石和钢铁一般的信仰，

才让我们的父辈创造了超越生命的奇迹。

否则，他们中的一些人，

就不会抛弃优越的生活和地位，

去献身一种并非乌托邦的崇高事业。

这个队伍的基础，穷苦的农民子弟，

也不可能被锤炼成坚定的战士。

对这样一段荡气回肠的故事，

我当然相信，也是作为一个诗人预言，

再过一百年，再过一千年，

它仍然会是一个民族集体的记忆。

到那时候我们的后人——

也一定会为他们的先辈肃然起敬。

如果在今天我们生活的时代，

还有什么可传承和值得自豪的权利，

那就是我们父辈留给我们的——

信仰的权利，而绝不会是其他。

难怪有一位幸存的女革命家这样说，

要是我们背弃了死难者的理想，

就是多活一天，也是一种罪过！

注：哈里森·索尔兹伯里（1908—1993），美国著名记者、作家，曾任美国文学艺术学会主席，全美作家协会主席。著有《列宁格勒被困九百天》《长征——前所未闻的故事》等作品。

（选自《人民日报》,2016 年 10 月 22 日）

为什么我还有梦⋯⋯

何建明

早已过了追梦的年龄
然而今天的我却异常多梦
就像青春时光倒流，理想重现

呵，为什么
为什么现在的我还有梦

在晨起的新闻里与神舟号一起
去探望月亮上的嫦娥
与马路上的小伙姑娘并驾齐驱
去追觅新一天的充实与生活的温馨
甚至想粉饰一下有些沧桑的容颜
换一身时尚而合体的新衣

呵，为什么
为什么现在的我还有梦

是眼前的高铁不够快吗
是蛛网般的立交桥不够多吗
是身边的楼房不够高吗
是商店的物品不够丰富和耀眼吗
是夜空的霓虹灯不够绚丽多彩吗
是碗里的鱼肉不够鲜美吗

呵，为什么
为什么现在的我还有梦

是的，我想重新回到儿时的水塘去游泳
我想生吃滴着露水的甜瓜和桑果
我想吸一口无毒的空气
我想晒一天明媚的阳光
我想安静地在路边的树下看书
我甚至想，当我死亡的时候
到了火葬场，别再排队和拥挤

呵，为什么
为什么现在的我还有梦

我担心大海里的珍宝被掳掠一空
我害怕大地上的居所忽然都失去了踪影
我祝愿我的祖国到处长满鲜花和绿苔
我祝愿同胞们人人心中有梦，而且都能够
圆了自己的梦……

（选自《诗刊》,2014 年 4 月号上半月刊）

中　国

叶延滨

一位金发碧眼的外国女郎，
双手拳在胸前，
"How great!　China……"（真伟大！　中国）
她赞美着老态龙钟的长城。

不，可尊敬的小姐，
对于我的祖国，长城——
只不过是民族肌肤上一道青筋，
只不过是历史额头上一条皱纹……

请看看我吧，年轻的我——
高昂的头，明亮的眼，刚毅的体魄。
你会搜寻不到恰当的赞美词，
但你会真正地找到："中国"！！

（选自叶延滨诗集《二重奏》，花城出版社 1985 年 1 月版）

站在新世纪的门槛上（节选）

赵丽宏

一

站在新世纪的门槛上

我把自己想象成一扇窗

我还记得那些围锁的高墙

挡住了渴望拓展的脚步

封锁了自由的无羁的向往

高墙下，世界变得如此闭塞

人心变得幽暗偏狭

坐井观天，不知星空何等浩瀚

夜郎自大，不知大地多么宽广

看不见通向远方的道路

听不到沟通灵魂的歌唱

多么渴望在墙上打开透明的门窗

看一看墙外的世界何等模样

而此刻，高墙早已崩溃

歌声正从四面八方传来

风中飘漾着天涯海角的芬芳

囚禁心灵的时代像夜色消逝

窗里窗外都是无拘无束的阳光

二

站在新世纪的门槛上

我把自己想象成一棵树

从一颗幼小的种子

长到花果满枝绿荫蔽日

要经过多少风雨雪霜

春天发芽，夏天吐绿

秋天结果，冬天枯黄

我在大地上改变自己的形象

却从没有改变心中的理想

我骄傲，我曾在严寒和肃杀中挺立

在枯萎和封冻的季节

仍然心怀翠绿的希望

落叶飘零的景象何等萧瑟

冰雪漫天时，枯秃的枝杈上

几乎失却生命的迹象

然而谁能阻挡春风归来

谁能扼杀湿润的新绿重吐芬芳

我相信未来的世界将会成为森林

每一个生命都会拥有自己的土壤

蔓延的绿浪将驱逐所有的荒凉

三

站在新世纪的门槛上

我把自己想象成一条大江

汹涌澎湃奔流了千里万里

锲而不舍寻找浩瀚的海洋

身后的河床是那样曲折

每一个屐痕都凝集着探寻者的心迹

每一簇浪花都折射出跋涉者的坚强

不要说风光如昨涛声依旧

迎面而来的前程如此辉煌

且看远方的大洋洪波连天

海平线上涌动着一轮新的太阳

1999 年 12 月于四步斋

（选自《赵丽宏诗选》，上海文化出版社 2008 年 11 月版）

向上，向上

骆　英

向上，向上
我无法后退
因为我背着我的中国
繁星闪闪
我无法仰望
因为我背着，我的中国

向上，向上
也许还有三千年的路要走
向上，向上
也许，还有三千道冰缝

这是我的中国
我无法后退
这是我的时代
我无法后退

寒夜，我的中国在我的背包中安睡
我是一个背夫
我无法后退

向上，我的中国绝不能滑坠
我是一个登顶者

要坚定、谨慎

向上，向上
我的中国在背包中
很温暖，很安宁

（选自骆英诗集《7+2 登山日记》，北京大学出版社 2011 年 10 月版）

关于春天的歌唱

程步涛

夏至观雨秋来听风
瑞雪纷飞时我们盼望春天来临

不是想象田野上第一抹鹅黄
不是想象竹篱外第一枝红杏
不是想象河面绽开浪花
不是想象蓝天回归雁阵

此刻，我想到的是长江
她依然呼啸着奔腾着
携万里长风万里惊涛
给海洋注入强大的动能
我想到的是黄河
她还是那样缓缓地
坚毅地迈着步子
如同我们仁慈宽厚的母亲

还有长城上那一弯冷月
还在执着地叩打历史的门扉吗
还在残烟衰草之间
寻觅当年的胡笳鼙鼓羽箭雕弓

春天来了，春天来了

昨天的落日已经凝成碑石

新的太阳正在隆隆上升

流水转瞬间变换了节奏

风铃刹那间更新了音韵

我的祖国

将再次踏上新的征程

呼唤喝黄河水长江水长大的子子孙孙

用五千年时光锻打的膂力

为我们这个古老的民族

创造新的崛起和复兴

春天啊春天

春天不只是天上飘来的丝丝细雨

春天是暖透人间的霞晖云锦

春天不只是开江时的一声冰裂

春天是合力撞响的阵阵晨钟

春天不只是梁上乳燕的一声呢喃

春天是群山回响的鹤唳鹿鸣

春天不只是柳枝上的点点新芽

春天是莽莽苍苍无涯无际的浩瀚森林

冰凌融了，大河开了

希望的闪电

照亮沧溟穹隆

枯枝绿了，衰草醒了

所有的生命

都在呈现又一番风采豪情

出海有号子

风浪越大号子越响

没风没浪算不上伟大的航程

登山有火炬

能把骨头炼成钢

把心炼得像金子一样纯正

这个世界太大太大

总是一边冷一边热

总是一边阴一边晴

那么，就守护好我们这一方春色吧

让花有花的芬芳

让水有水的柔情

让每一颗麦粒都无限饱满

让每一只小鸟都自由飞腾

用我们的力量和我们的智慧

告诉世界

这就是关于春天的歌唱

这就是中国的画卷，中国的风景

（选自程步涛诗集《清黄河浊黄河》，蓝天出版社 2004 年 9 月版）

我骄傲，我是中国人

王怀让

在无数蓝色的眼睛和棕色的眼睛之中，

我有着一双宝石般的黑色眼睛。

我骄傲，我是中国人！

在无数白色的皮肤和黑色的皮肤之中，

我有着大地般黄色的皮肤，

我骄傲，我是中国人！

我是中国人——

黄土高原是我的胸脯，

黄河流水是我沸腾的血液，

长城是我扬起的手臂，

泰山是我站立的脚跟。

我是中国人——

我的祖先最早走出森林，

我的祖先最早开始耕耘，

我是指南针、印刷术的后裔，

我是圆周率、地动仪的子孙。

我是中国人——

在我的民族中，

不光有史册上万古不朽的孔夫子、司马迁，

还有那文学史上万古不朽的李白、曹雪芹，

我骄傲，我是中国人！

我是中国人——

在我的国土上，

不光有雷电不倒的长白雪山、黄山劲松，

还有那风雨不灭的井冈传统、延安精神！

我是中国人——

我那黄河一样粗犷的声音，

回荡在联合国的大厦里，

回荡在奥运会赛场的上空，

当掌声把五星红旗托起，

我骄傲，我是中国人！

我是中国人——

我那长城一样巨大的手臂，

把采油钻杆钻进外国人预言打不出石油的地心，

把通信卫星送上祖先们梦魂萦绕的天宫。

当五大洲倾听东方声音的时候，

我骄傲，我是中国人。

我是中国人——

我是莫高窟壁画的传人，

让那翩翩欲飞的壁画与我们同行。

我就是飞天，

飞天就是我。

我骄傲，我是中国人！

（选自诗集《祖国之歌》,北方文艺出版社 1999 年 9 月第 1 版）

山高路远

汪国真

呼喊是爆发的沉默

沉默是无声的召唤

不论激越

还是宁静

我祈求

只要不是平淡

如果远方呼喊我

我就走向远方

如果大山召唤我

我就走向大山

双脚磨破

干脆再让夕阳涂抹小路

双手划烂

索性就让荆棘变成杜鹃

没有比脚更长的路

没有比人更高的山

（选自《中国作家》，1987 年第 2 期）

蹈海索马里（长诗节选）

王久辛

4.

在索马里　在摩加迪沙

五星红旗——就是通行证

始终代表并象征着和平

只要看到它　索马里人即刻冰释

所有误解　道路畅通无阻

作为中国军人　或中国公民

只有在此时此刻才能体会

一个强大的祖国她之所以强大

仰仗的　绝不仅仅是物质财富

还有精神　还有令人信赖的善良和无私

那才是赢得尊重与敬仰　真正的力量

9.

在悲悯与救赎之间

张楠觉得自己　必须留在摩加迪沙

必须和他的战友——就是大使

和我们　奔走在刀刃上的枪林弹雨

针尖儿上的恐怖袭击　去履行

人道主义义务　代表祖国

甚至　代表人类

和索马里难民一起　深入恐惧

接受煎熬　虽然这里并不缺他这一个
但张楠的决心是　今生如能在这里
在这个刀锋上的国度——索马里
在摩加迪沙——这个针尖上的首都
奉献自己　才不负中华儿女
热血灌顶的血肉之躯
才不负大使所托之光荣
才是"难酬蹈海亦英雄"……

14.

2015 年 7 月 26 日下午四点零五分
半岛皇宫酒店　卡塔尔埃及肯尼亚
及中国大使馆　一切如常
那是当地时间　也是当地的下午
气温很高　酒店内的
四个国家的使馆　冷气开放……
突然　一声巨响——气流
把所有窗框击飞　将所有天花板
击落　丁零当啷哗啦啦——钢架吊装的
天花板　与飞进室内的窗框
比子弹比弹片　更凌厉凶残
使馆工作人员　伤亡是绝对的
中国三伤一亡　报道说
一颗自杀式炸弹　袭击了
半岛皇宫酒店　张楠——我们的战友
在袭击中不幸牺牲
在这里　所有的不幸都包含着必然性
而所有的灾难
都源于自然的极端与人为的极端

大海极端　有了海啸

苍天极端　有了暴风骤雨

沉默一如泥土的大地　仅仅极端了

一下子——就有了山崩地裂

而人的极端呢　放眼世界

从法国遇袭到阿富汗暴恐

从叙利亚动荡到非洲的难民潮

人类如果没有获得

洞穿"极端"的"第三只眼"

我们就无法进入恐怖世界的内部

从而找到　起于青蘋之末的根源

我们的好兄弟——张楠的献身

就毫无价值……

极端是悲凉的夜色吗

是闪烁在那位少女眼神儿中的乞盼吗

尽管那是一秒钟的十分之一

然而　对我来说

却期望那是一种留恋　一种顾盼

一种妩媚动人的魅力闪现

于是　我们就可以据此而呼唤

快把这十分之一的　最后的乞盼抓住

向她表达——对她的尊重　爱慕

向往和追求　还她最初的爱情

还她热恋的甜蜜　和高贵的忠贞

朴素的勤劳与智慧

使所有贫困中的饥民

都能感受到人类世界的真诚救赎

与公平公正　感受到人间的温暖与友爱

并使之真正获得生命的希望……

跋

谁也不愿在吼狮面前舞蹈

我不愿蹈海于针尖上的索马里

我有两万两千名战友

在十支联合国维和部队里战斗

加上张楠 已有十七位中国军人的亡灵

在世界各地的动荡中魂游

他们与无辜而亡的平民一起

在地下祈祷和平

为我们活着的人类呼唤爱

他们像一根根针 扎在我们的心上

流出的第一滴血洒在了哪里的土地

哪里的土地会为他们长出橄榄树

我不知道 我知道我们还会流血

虽然不知道

流出的最后一滴血 将洒向何方……

为此 我将继续蹈海于针尖

蹈海于动荡的世界 因为我是军人

是酷爱和平与维护和平的——中国军人

（选自《解放军报》"长征"文学副刊,2017 年 7 月 17 日）

听高级工程师讲电力机车

曹宇翔

我想你就是中国电力机车仓库
香烟一经点燃就如一把钥匙
数据　机件　功能　远景　信心
以及昔日祖国工业落后的屈辱
顿作悬河　滔滔满目
这是在工厂外宾接待室
你从百忙中抽身的一个炎热上午

多年来我在田园　典籍　乡愁出没
披戴工业光芒
今日有幸观科技歌舞
中国电力机车摇篮
忘我的人　博大的人　奋斗的人
年年的汗水　代代心血
怎不让我低头想起圣洁母乳

话题离开机车就沉静寡言
甚至缺少官场礼数
我猜你刚才是变魔术
各种型号巨大机车如孙悟空金箍棒
连同激动声音　兴奋手势
变小　变小　再变小
一转眼　嗖嗖入腹

来到世上三十四年我不知握过多少手

客套的手 虚伪的手

貌似高贵的手

握过了大都没有记住

今日一个来自北京的陌生青年

格外渴望与你一握啊

握工业雄心 大将风度

握我亲爱的人民振兴的抱负

不知如上文字是否远离诗歌概念

敬请读者宽容我这直率的叙述

我是一个劳动人民的儿子

回首凝望埋头苦干的人们

他们是那样真实 本色 朴素

让我无法玩弄技巧或冒充贵族

诗人虚名我可以不要

一顶纸糊的桂冠 怎能抵得上

我此刻表达所感到的幸福

1991 年 6 月,株洲—北京

(选自《诗刊》,1992 年 2 月号)

我曾看到你奔跑

郭晓晔

你就是这个样子！　呼呼燃烧的炉火与朝霞汇合
拉响汽笛，喷出团团蒸气
车轮铿锵铿锵，像在云中奔跑

我曾在大兴安岭山麓看到你，浑身散发树脂清香
我曾在大同的煤井旁看到你微笑
露出白色的牙齿。　我曾在扬子江大桥上看到你
与沃野上的拖拉机对歌。　我曾在攀枝花看到
你宽阔的脸膛被钢水映红，就像在青岛的船坞旁
你与龙门吊告别时，被大海染得一身钢蓝

我曾看到你奔跑
我曾在戈壁滩头看到你为滚滚石油引路
在金沙江畔看到你把少数民族兄弟领出崇山峻岭
我曾在黄河渡口看到你
黄河，中华民族的母亲河
从青藏高原奔腾而下，把整个流域哺育得一片金黄

我看到你，新中国的长子，大工业的火车头
我曾在四面八方看到你奔跑

2010 年 7 月 5 日

（选自《诗潮》,2010 年第 12 期）

你是清水

杨志学

你是清水，你是清水
我从北到南寻找你

你是清水，你是清水
向世人表明，你是一种有品质的水
当人喝下你的百年泉，一股清流
流进了身体，神清气爽，滋心养肺

你是清水，你是清水
用事实证明自己是毋庸置疑的活水
你流淌，你澄清，你过滤
从源头一路走来，储存到这里

你是清水，你是清水
人们在评说，你就是大自然最初的水
怀抱着清清亮亮的初心，抗拒着世间污浊
流淌出理想的水、洁净的水

你是清水，你是清水
我跋山涉水走向你，看望你，歌唱你

（选自《解放军报》,2018 年 11 月 9 日）

描　红

写在西沙石岛"祖国万岁"石刻前

刘笑伟

礁盘上的礁石

是风，一阵阵雕刻出来的

是浪，一次次冲刷出来的

是盐，一点点侵蚀出来的

石头表面，布满时光的弹孔

凸凹不平——也就是说

在上面刻字

仅有钻头、锤子和刻刀是不行的

必须有舍生忘死的爱

必须有彻入骨髓的孤独

那个日子，也许是 2000 年的一天

其实，是哪一年并不重要

甚至这一年使他的爱

迎来了新的世纪，也不重要

重要的是，他是如何在十几米高的礁石上

刻下这四个大字的

重要的是，他是用什么颜料

让这四个大字如此鲜红的

刻字的那一刻

一定是个黎明

随着朝阳喷薄而出的

还有一个士兵的激情

他让战友用粗绳系住腰部

悬空在岩壁间

一笔一画地凿刻着

那时候，清澈而多彩的海水

一定掀起了百米高的巨浪

这块叫作老龙头的巨石

一定回想起自己五千年的沧桑

并在中国的南海边抬了抬头

擎起万丈霞光

大洋上，液体的山脉

一座座耸起，此起彼伏

浪花染白山顶，宛若雪山

再让阳光镀满黄金

使整个南海充满神圣的质感

五天五夜啊

整整五天五夜

四个大字写成的时候

他一定看到

天空中下起牡蛎和贝壳的暴雨

一定听到了海神的号啕大哭

那一天，海军士兵于东兴

完成的最后一道工序是：描红

把"祖国万岁"四个大字染上颜色

他没有用颜料

他用了一代代的士兵

忠诚热血里最隐秘的那种红

最无悔的那种红

汗珠和血液提纯出的那种红

忠诚和大爱冶炼出的那种红

仅仅一滴，就会让军人沉醉的那种红

他一笔一笔地描着

画笔上并没有颜色

他仿佛具有了无中生有的能力

笔画间气韵流动，色彩高飞

那刻骨的红

发出阵阵金石之声

终于，"祖国万岁"四个大字

与叫作"老龙头"的礁石

如此奇妙地融为一体

今生今世，我从未见过

如此鲜艳的红

这片红，闪电一般击中了我

这是一个中国士兵

用钻头、锤子和刻刀

在我身体里凿出的颜色

他把这片红，深深描入礁石和我的血液

让我每天的心跳

和南海的波涛一起

汹涌澎湃，响彻我和我的祖国

（选自《诗刊》,2019 年 5 月号下半月刊）

京九铁路筹建的一个细节

王浩洪

到北京去，到铁道部，到国务院去

会议桌前，市长站起来说

要把京九铁路扯一个弧形

穿过黄州，把我们沉淀的历史

和沸腾的人民

送进北京，送去深圳

大别山的黄州，是老区

老区是什么，是新中国的一滴血

是共和国的一个细胞

我们，这些大别山老区的代表

要去说，就是这滴鲜红的血

孕育了新中国的胎儿

就是这些细胞携带的氧气

推动着共和国的火车

没错，到北京去，我们去说

我们要让京九线有一点弧度

加一点美感，多一份梦想

我们要让汽笛在黄州鸣叫

把老区的血送进祖国心脏

把特区的氧吸入肺里。 我们想

把黄州的夜晚变成北京的早晨

把首都的霓虹化作黄州的太阳

我们想在一个晚上

让山上的叶子进入香港

想在一个白天运来

湿润的海风，赶走大别山的干冷

2009.2.21

（选自《诗刊》,2009 年 10 月号上半月刊"诗歌新作珍藏版"）

张江随笔

冬　青

过了陆家嘴

地铁一下子空了　去张江的人们

那些说普通话的人　回老家了

春节到了

二十年前　田亩覆盖

菜农们日出而作日落而歇

临睡前做一做致富的梦

谁也没敢想跟高科技沾亲带故

二十年后　柏油路纵横交错

每一条道路都跟科学巨匠有关

厂房和学院像一本本摊开的大书

张江成为一座庞大的露天科技馆

那些说普通话的人们　作为时代的精英

来自也许没有铁轨的地方

乘着现代化的交通工具　从上个世纪出发

追随张江　急驶而向中国工业科技的前沿

过了陆家嘴

地铁又是那么拥挤　去张江的人们

那些说普通话的人　回来了

春天来了

（选自《诗刊》,2013 年 11 月号上半月刊）

农家乐

马淑琴

春风吹开一条山路
二月兰引来山外世界
温暖山的冷寂
挂着农家乐招牌的
篱笆小院
第一次派牵牛花
用彩色的眼神
打出热烈欢迎的旗语

悄悄出场的山蘑
默默滋生的木耳
在山外人的眼睛里
都以山珍的称谓
提高了身份

曾经是山里人
半年粮的山野菜
经山外的风
那么轻轻一吹
就成了遍地黄金

每一朵野花
都曾经是

衣衫褴褛的灰姑娘

自从坐上了南瓜马车

穿过梦幻的午夜

找到了属于自己的

水晶鞋

城里人有滋有味地

啃着柴锅贴饼子

咀嚼木柴之上

玉米和谷子辽远的金黄

品尝美味的山野菜

探究山野的籍贯

野菜的野和野菜的菜

谁是谁的故乡

滚热的土炕上

城市与乡村结为知己

山把景色和美食

捧给城市

在城市开怀的笑声里

"农家""乐"成一朵

绚烂的山花

（选自《光明日报》,2009 年 9 月 20 日）

在新农村写诗

唐　诗

在新农村的正面，我迎着阳光写诗
比如我写走在春天的路上
谁都在珍惜爱情的鞋子。　比如我写桃李歌唱
春风也会怀孕，就像天上，燕子
也重了几克。　比如我写夏天的荷田
触到的莲花就是一位粉嫩的女子，她的下面
一定藏着好藕。　比如我写秋天的山野
柿子红如灯笼，千盏万盏
悬挂的枝丫已低垂到凹处，一种结实的甜
让满村人闻到了经霜的汁水。　比如
我写冬天的大雪，严寒的风中，仍有山民
在捂着火焰赶路。　比如我写
早晨的大红公鸡，它三声啼叫，就叫出了
百幢新房，千只喜鹊，万句问候
和一条比姑娘还要逗人喜爱的高速公路
比如我写婚育新风，李家的独生女儿
也成了传后人，上门的女婿
扶助她，成了顶梁柱。　比如我写农民工
他们还乡时，不仅有手上的老茧
还有灵魂的锦绣。　他们把城市的好风气
带了回来，让乡村里的城市
不再是海市蜃楼。　比如我写喂养的那头
奶牛，它雪白的乳汁，真像我的诗句

一挤压，就涓涓地冒了出来……

　（选自《诗刊》,2009 年 10 月号上半月刊）

官厅特大桥

赵克红

我的目光骑着鹰的翅膀
在大桥上空云端俯瞰
一条彩带飞架官厅水库南北

八个造型优美的横梁横跨水库
为主桥镶嵌出别致的风景

登上大桥
春风料峭撕扯着我的衣襟
踏着万顷荡漾的碧波
一伸手就能扯下一绺白云
建设者们正在专心工作
脸上满是汗水冲刷的印记
彩带在他们手上生根
又随着旋转的气流飘舞飞升

他们长年
固守在旷野与大自然角力
年复一年重复着单调的劳动
远远望去，凝重的背影大山般沉重
一个个小小的黑点
就像铆在桥上的钢钉

他们与黎明一起醒来

把自己融入霞光、融入旷野

他们用汗水浇铸钢铁桥梁

用慈厚的微笑褪去脸上的风霜

他们像秋天的稻菽饱满而内敛

把岩浆般炙热的情爱

铺展成桥面的平坦和流畅

一位黧黑的小伙子悄悄对我说——

京张高铁通车那天

庆典上也许没有自己的身影

但无论走到哪里

那 350 公里时速的呼啸

一定会夜夜在我的梦里准时出现

（选自《中国铁路文艺》,2018 年第 12 期）

乡魂·金贵

杨泽远

俺村前立着一座碑
碑上记着一个故事

故事的主人叫金贵
金贵是俺乡打井队的带头人

俺村十年九年旱
旱得姑娘都不敢嫁俺村
十个小伙九个打光棍
乡亲们见水比见金子银子还亲

金贵组织一个打井队
白天太阳陪晚上月亮陪
打过了东村打西村
整整九个月未进家门

乡亲们用上了水吃上了水
可金贵却累倒了身体
乡亲们手捧清水念亲人
一捧捧清水，一捧捧泪

乡亲们给金贵立了一座纪念碑
他们说，金贵的心比金子还贵

金贵的品质比阳光更纯粹

金贵，就是咱乡村的魂！

（选自《诗刊》,2014 年 3 月号上半月刊）

脱贫攻坚，没有硝烟的战争

宗德宏

没有硝烟，却是一场战争

在这个战场上，没有真枪实弹

但同样有你想象不到的艰难

曾经有多少个夜晚

白发骤生，仍旧不眠

所有的努力和付出

值得，洒泪也是为了明天

当灿烂的朝霞

映照着浅浅的归岸

这就是你们当初的祈愿

在无悔的行进中一一呈现

踩着荆棘，翻山越岭

不只因一个召唤

使命和责任，还有信念

早已牢记在心，伟大的追求里

你们没有半点怨言

熟悉这里的一草一木

河流山川和每一块石头

包括犬吠鸟鸣，当然

还有那满山遍野的杜鹃花

在春风拂过之后

尽情地盛开，直至永远

不用过多解说

当我们看见，乡亲们站在新房前的笑脸

就知道了你们马鞍未卸

再出征，向着十万大山

（选自《中国年度优秀诗歌 2018 卷》，新华出版社 2019 年 3 月版）

希望小学

唐德亮

渴望的心灵
终于有了一座宫殿
这座宫殿蕴藏着珍宝
招来风，招来彩鸟
招来太阳，在里面舞蹈

书声，歌声
糅着透明的呼吸
向四野辐射、渗透
像晶体的内核
不经意间，就裂变成
无数个彩色的太阳

心被启动，生命被启动
目光被提升，长出了
一双双轻灵的翅膀
这翅膀叫希望
她翱翔的天空也叫希望

（选自《光明日报》，2001年1月3日）

帷幕再次拉开

陈海强

听见了吗？　吟唱声缓缓升起
秋天多么像怀抱琴弦的美神
引领我们向着十月的腹地靠近

那些挺立在岁月中的河山
见证西风翻动史诗的黄金册页
一个新时代，已经诞生了

我们渴望在此时登高望远
闪光的句子像弯曲的麦穗
在尘世编织丰收的意象

那些风雨已被往事收起
那些往事已被写进诗篇
纪念碑在祖国的怀抱中崛起

白天，我们看到过磅礴的日出
夜晚，我们看到过群星的璀璨
黑夜的绒布啊，擦亮青铜和梦境

还记得最初的誓言吗
我们深信过去可去、未来将来
我们在时光的流逝中写下诗篇

穹顶之下，有人仰望星空

大地之上，有人不懈跋涉

人群之中，爱的种子四处播撒

沿着一条内心的道路远行

我们终将步入思想的纵深之地

我们终将抵达人生的开阔之地

岁月的帷幕已经再次拉开

一支信仰的火炬继续传递

让我们携手吧，向着未来走去

（选自《解放军报》,2019 年 6 月 3 日）